I0639121

NOTICE

SUR

SOUHESMES

PAR

RAYMOND DE SOUHESMES

NANCY

TYPOGRAPHIE G. CRÉPIN-LEBLOND

Passage du Casino

1884

L7K
24078

NOTICE

SUR

SOUHESMES

PAR

Raymond des GODINS de SOUHESMES

NANCY

TYPOGRAPHIE G. CRÉPIN-LEBLOND

Passage du Casino

—

1884

Lk7
24078

Extrait des Mémoires de la Société d'Archéologie
Lorraine pour 1884.

NOTICE

sur

SOUHESMES

———➤★◄———

Souhesmes est un obscur village de la Meuse ; aucun événement historique ne s'y est passé, aucun monument n'y attire l'attention, aucun homme célèbre n'y a pris naissance. Aussi pourrait-on s'étonner du choix d'un pareil sujet, si l'on ne savait qu'en archéologie il n'y a pas de petite question ; et puis, en dehors même des considérations toutes personnelles qui me rendaient cette étude particulièrement intéressante, il m'a semblé que l'organisation des fiefs de Souhesmes présentait un exemple du morcellement de la propriété féodale assez curieux pour être rapporté.

I

Histoire et organisation politique, administrative et ecclésiastique.

L'histoire d'un village sans notoriété se confond nécessairement avec celle de la province à laquelle il appartenait ; aussi, pour écrire d'une façon complète l'histoire de Souhesmes, faudrait-il faire celle du Barrois tout entier.

La première fois que l'on trouve cité le nom de *Souhame*, c'est, en 1282, dans le cartulaire d'Apremont (1). Tout ce que l'on sait de notre village avant cette époque, c'est que, vers 960, l'ancien comté de Verdun comprenait la portion de territoire où il se trouve (2).

Souhesmes reçut-il la loi de Beaumont ? — Cela semble certain, bien que ses habitants n'eussent pas, même au siècle dernier, le droit d'élire leur maire et leurs échevins. La loi de Beaumont fut accordée, avec plus ou moins de restrictions, à la plupart des villages de notre région, et il est permis d'affirmer que Souhesmes profita de cette faveur, quoique sa charte d'affranchissement n'ait pu être retrouvée (3).

En 1296, le cartulaire du Chapitre de la cathédrale de Verdun (4) fait mention de *Souheme*, à l'occasion d'une donation de deux granges situées « en ladite ville de *Soouheme* ». Cette donation, qui porte la date du mardi après les Octaves de la fête de saint Pierre et saint Paul, fut faite par Nicolas, prêtre et curé de Souheme au Chapitre et à l'église de Verdun, sous la condition que le donateur jouirait, sa vie durant, de la menue dîme que le Chapitre possédait dans ce village,

(1) Cité par M. Liénard, *Dictionnaire topographique du Département de la Meuse*, V° *Souhesmes*.

(2) *Virdunensis comitatus limites*, cité par M. l'abbé Clouet, *Histoire de Verdun*, I, 337 *et n*.

(3) M. E. Bonvalot. — *Le tiers-Etat d'après la charte de Beaumont* (1884), p. 237.

(4) *Ms. de la Bibl. publ. de Verdun.*

moyennant une somme de « dèix livres de fort tornois petis tous francs. »

Il est probable qu'à cette époque Souhesmes relevait, au moins en partie, et à titre d'alleu, de l'illustre famille d'Apremont qui a joué un rôle si important dans les histoires de Metz et de Verdun, du Barrois et de la Lorraine.

A cette époque, la politique des grands seigneurs tendait, dans notre région, à s'ériger en alleu, c'est-à-dire en indépendance entre la France et l'Empire, en s'alliant tantôt avec celle-ci et tantôt avec celui-là. Cette politique faillit réussir aux comtes de Bar, mais les sires d'Apremont n'étaient pas assez puissants pour oser l'adopter. En 1302, le roi de France imposa au malheureux comte Henri de Bar le célèbre traité de Bruges, par lequel toute terre barroise, située à l'occident de la Meuse, était déclarée mouvante de la couronne de France, c'est-à-dire tenue en fief du roi, à charge de foi et hommage, et sous la justice souveraine du Parlement de Paris (1). Jeoffroy III d'Apremont, qui devait, quelques mois plus tard, se faire tuer à Courtray dans les rangs français, se tourna im-

(1) « *Li dis cuens Nous a fait hommage lige..... de toutes les choses que il tenoit en franc alleu par deça la Mueuse vers le Royaume de France.....* » (Rogéville, *Dict. des Ordonnances de Lorraine* (1777), p. 70.)

V. sur les droits respectifs du Duc de Bar et du Roi de France sur le Barrois mouvant le *Mémoire de l'Envoyé de Lorraine touchant les droits de souveraineté de S. A. R. Monseigneur le Duc de Lorraine en qualité de Duc de Bar dans le Barrois mouvant* (1718) et *De la souveraineté des Ducs de Lorraine sur le Barrois mouvant*, par M. Troplong (1832).

médiatement du côté de la France ; il ne se contenta
pas d'être arrière-vassal du roi pour tout ce qu'il avait
dans le Barrois mouvant, il alla encore, de son plein
gré, le jeudi après Pâques 1302 (1), lui faire hommage
lige de trois alleux, ou domaines qu'il disait tels, Dugny, Monthairons et Brieulle. La charte ne parle que
de ces trois localités, mais il est probable que Souhesmes fut compris dans cet hommage. Dom Calmet
pensait que ces terres venaient à Jeoffroy d'Apremont
du chef de sa femme, Isabeau de Kiévrain, princesse
d'Amblise, mais il résulte de deux chartes de 1257 et
1260 que c'étaient d'anciens fiefs de la maison d'Apremont (2).

En 1302, Souhesmes se trouvait donc fief d'Apremont
et arrière-fief de France. En 1326, le 2 avril, Marie de
Bar, dame d'Apremont et de Dun, convint avec son fils,
Jeoffroy IV, sire d'Apremont, de s'en rapporter à des
arbitres pour déterminer son douaire. Ceux-ci lui attri-
buèrent, outre la terre et châtellenie de Dun, tout ce
que feu Gobert VI (3), son mari, possédait à Dugny,
Ansemont, Mahéron (4) le Grand et le Petit, Senoncourt, Landrecourt, Souhesme, etc. » (5).

En 1331, « la vigile de la feste Nre Dame en moi de
Mars », Jeoffroy IV, sire d'Apremont, et Marguerite de

(1) Dom Calmet. — *Généalogie d'Apremont*, 2e édition,
t. III, p. XXIX. — Clouet, 1, 529, et III, 32 et 95.

(2) Clouet, I, 529, 2e n.

(3) V. sur Gobert VI qui, suivant D. Calmet, ne serait
que Gobert V, ce que dit M. l'abbé Clouet, II, 365, III, 96
et s., 134, 143, etc.

(4) *Monthéron*, canton de Souilly (Meuse).

(5) Arch. de Meurthe-et-Moselle, *Souilliers*, I, 38.

Sully, sa femme, vendirent à leur cousin Édouard, comte
de Bar, en priant le roi de France leur suzerain de
confirmer cette cession, toute la haute justice et le tiers
de la basse de la ville de Dugny, et ce qu'ils avaient
à Ansemont, Landrecourt, Senoncourt, Mahéron, Souheme, etc. En ce qui concerne spécialement notre village, le sire d'Apremont y possédait « la soisime parce
» dez cors des bourgois de Sohesme et des rentes,
» dont chascuns bourgois doit chascun an douze parisis
» a paier la moitiet à la sainct Jehan et a Noël lautre.
» Et doient lidit bourgoy lost et la cheuauchié.......
» encore la moit de la justice haulte et basse desdittes
» Sohesmes. » Cette vente fut faite moyennant « la
» some de deus mil nueff cens quarante trois liurez,
» deix et sept soulz, seix denierz tour petis. gros tour
» dargent a un ☉ ront pour quatorse denierz piece et
» autre monoie alauenant » (1). C'est donc à tort que
M. l'abbé Clouet suppose que Dugny fut annexé au
Barrois vers 1360 (2); la vente de 1331 comprenait
« le domaine », c'était une véritable cession de territoire, et, dès cette époque, Souhesmes fut rattaché à la
prévôté barroise de Souilly. Cependant il paraît que le
contrat de 1331 avait besoin d'être confirmé, car nous

(1) Arch. de Meurthe-et-Moselle, *Souilliers*, I. 43.
Habituellement le gros tournois à l'O rond était pris pour
15 deniers. En tenant compte de l'ancienne proportion de
l'or et de l'argent, le prix de vente de la prévôté de Dugny
représenterait environ 35,326 fr. 50 cent. de notre monnaie, d'après M. l'abbé Clouet (*Hist. de Verdun*, III,
183, 290 et 292), ou 54,256 fr. 25 cent., d'après M. le comte
de Riocour (*Les Monnaies lorraines, Mémoires de la Société
d'Archéologie lorraine*, 1883).

(2) Clouet, I, 529, 2e n.

le trouvons renouvelé l'année suivante, « le vendredi apres la my caresme » 1332 (1). Cette fois, la cession est complète et sans restriction : le sire d'Apremont vend au comte de Bar « tout ce qu'il a à Dugny, Ansemont,..... Souhesme, etc. », et, « le Dimanche devant Pasques fleuries », il ratifie encore une fois ladite vente. — Ces deux actes sont revêtus des magnifiques sceaux du comte de Bar et du sire d'Apremont. Celui du comte Edouard représente un chevalier armé de toutes pièces ; d'une main, il tient l'épée haute, de l'autre, il se couvre d'un bouclier aux armes de Bar. Le sceau de Jeoffroy représente Samson terrassant le lion ; il est couvert de son armure, la tête nue, son écu portant la croix blanche d'Apremont fixé sur l'épaule gauche (2). Le sceau attaché au second acte de 1332 est le plus intact ; on lit encore en exergue les mots : « S : Jofridi : do-mini : aspe.... tis. »

Voilà donc Souhesmes devenu partie intégrante du Barrois mouvant ; aussi, en 1370, le voit-on figurer avec l'orthographe *Souhaime* sur le registre de la Chambre des Comptes de Bar. En 1337, le comte Edouard, qui avait réuni nos villages à sa couronne, mourut, et son fils Henri IV lui succéda ; mais si la politique des petits princes n'avait eu d'autre but que de conserver leur indépendance vis-à-vis leurs puissants voisins, celle de la France tendait à s'emparer d'eux après leur avoir imposé sa suzeraineté. Aussi

(1) Arch: de Meurthe-et-Moselle, *Souilliers,* I, 45.

(2) Le dessin que M. Dumont a fait dessiner dans son ouvrage *Les Ruines de la Meuse* (1869), III, 33, ne peut donner qu'une idée très inexacte de ce sceau.

voyons-nous les Français profiter des embarras du nouveau règne pour empiéter sur les droits du jeune comte. Les baillis de Champagne allèrent jusqu'à lever directement l'arrière-ban dans le Barrois mouvant : c'était là une violation par trop flagrante des droits de souveraineté des comtes de Bar, et Philippe-le-Bel dut, le 10 novembre 1338 (1), désavouer des lieutenants plus zélés que scrupuleux. Je cite ce fait parmi beaucoup d'autres pour indiquer la situation dans laquelle se trouvaient nos villages, qui excitaient bien des convoitises, placés comme ils l'étaient sous la souveraineté des comtes de Bar et la suzeraineté de la France, entre l'évêché de Verdun et le Clermontois, qui étaient tous deux terres d'Empire.

En 1354, le comté de Bar fut érigé en duché (2). C'est vers cette époque que commença le fléau des Grandes Compagnies, ramassis de gens de guerre de toutes nationalités qui venaient d'être licenciés à la paix de Bretigny. Pendant un quart de siècle, ces bandes de pillards vinrent à différentes reprises ravager nos contrées, les souverains les plus puissants se virent contraints de composer avec eux et de les éloigner à prix d'argent, car, dit Philippe de Vigneulle (3), « n'y avoit ville, forteresse, ne chaisteau qui puisse dureir devant eulx », et la puissante cité de Metz elle-même dut leur payer rançon. Nos documents les appellent

(1) Clouet, III, 197 et n.

(2) Cf. Servais, *Annales historiques du Barrois*, de 1352 à 1411 (1867), I, 35 et s. — Digot , *Hist. de Lorraine*, II, 275. — Clouet, III, 254.

(3) *Les Chroniques de la ville de Metz* (édition de 1838), p. 113.

indifféremment Navarrais, Anglais ou. Bretons; leur première apparition date de 1359, et, dès 1360, les plus riches maisons du Barrois étaient presque réduites à la misère. Souhesmes subit le contre-coup de leurs incursions répétées, car, sous l'année 1365, nous voyons (1) que les pillards ayant abandonné une partie de leur butin, on trouva dans différents villages de la prévôté de Souilly, notamment aux Souhesmes, des bestiaux qu'ils avaient laissés et dont le domaine ducal fit son profit.

Le 4 avril 1368, le duc Robert fut fait prisonnier par les Messins, sans déclaration de guerre, et dans des circonstances assez bizarres. Deux chevaliers, l'un, Jean de Mai (ou Mars), au service de Pierre de Bar, l'autre, Robert d'Hervilliers, à la solde de la ville de Metz, devaient se rencontrer en champ clos, dans la cour du château du comte de Saint-Pol, à Ligny, en présence du duc de Bar, qui avait accepté la mission d'être le juge du combat. Mai était accompagné de quatre ou cinq cents Barisiens, Hervilliers l'était de pareil nombre de Messins (2). Une querelle s'éleva entre les deux partis, et les Messins, ayant attiré leurs adversaires dans une embuscade, en tuèrent un grand nombre et s'emparèrent du duc, qu'ils conduisirent dans les prisons de Metz. Il y demeura plus de deux ans, jusqu'au 8 août 1370, et il dut payer, pour sa rançon et celle de ses compagnons d'infortune, la somme énorme de 140,000

(1) Servais, I, 105 et 169.
(2) Cf. Clouet, III, 323, et Servais, I, 198. Ce dernier croit que chacun des adversaires n'avait avec lui que 120 cavaliers.

florins (1). Il paraît cependant qu'il fut mis en liberté après avoir payé 80,000 florins seulement, et signé un billet pour les 60,000 autres, qu'il ne paya jamais, car, en 1445, Charles VII exigea que la Ville lui rendît ce billet. Naturellement, ce furent les sujets du duc qui payèrent sa rançon, et la prévôté de Souilly fut taxée à 405 francs, dont la moitié tomba sur Souilly et le reste sur les villages composant la prévôté.

En sortant des prisons de Metz, le duc Robert voulut prendre d'une façon effective le gouvernement de ses Etats, qui jusqu'alors avait été exercé en fait par sa mère Iolande de Flandre. Cette prétention, bien que très naturelle, excita la colère de la duchesse régente, qui donna, à cette occasion, une nouvelle preuve de la violence de son caractère : elle fit arrêter son fils, au commencement de 1371, et le roi de France Charles V dut intervenir pour lui enjoindre d'avoir à mettre le duc en liberté. Iolande n'osa résister, mais elle se vengea sur Henri de Bar, sire de Pierrefort, qu'elle fit arrêter en France et enfermer dans une de ses forteresses, pendant qu'elle-même se retirait dans sa capitale. Le roi la fit saisir, le 25 avril 1371, et conduire à Paris où elle fut détenue à la tour du Temple. Elle s'évada, fut reprise, et, au mois de septembre 1372, elle dût, pour obtenir sa liberté, laisser en gage au roi

(1) Servais, I, 444. — En tenant compte du rapport de l'or à l'argent, à cette époque, la rançon du duc s'élèverait à 1,260,000 fr. de notre monnaie, d'après Clouet (III, 287 et s.) ou à 1,575,000 fr., d'après les tables de M. de Riocour. La *prière* imposée à la prévôté de Souilly représenterait 4,374 fr. décimaux suivant le premier, et 4,382 fr. 10 c. suivant le second.

de France les forteresses de Clermont, Vienne et
Cumnières. Ce fut un seigneur barisien, Raoul, sire de
Louppy, qui prit possession au nom du roi de ces trois
châteaux, le 19 octobre 1373. Dans les premiers jours
de l'année suivante, il fit saisir plusieurs terres de
l'évêché de Verdun, entre autres Souhesmes (1), qu'il
considérait comme fiefs dépendants du Clermontois, et
pour lesquels il n'avait point été fait de reprises au roi
depuis fort longtemps. Comme le monarque ne possédait le Clermontois qu'en vertu de l'engagement de
Iolande, qui n'en jouissait elle-même qu'à titre de
douaire et sans aucun droit de propriété, le clergé de
Verdun protesta, en déclarant que les évêques ne
tenaient le Clermontois que des empereurs d'Allemagne. Toutefois, l'évêque consentit, pour rentrer en
possession de ces terres, à faire les reprises que le roi
exigeait. « En quoy semble, ajoute Wassebourg (2),
» que le dict roy en icelle procédure ou partie dicelle
» vsa plus de force et aucthorité que de droict. Car il
» est certain que de long temps en parauant, et consé-
» quemment depuis iusques à présent, les euesques de
» Verdū font reprinses, foy et hommage aux empe-
» reurs des chasteaulx et forteresses de Clermont et
» Vienne. » Il résulte de ces faits que, dans les premiers jours de 1374, Souhesmes, qui jusqu'alors sem-
blait faire partie du Barrois, était considéré par les
Français comme un fief clermontois appartenant à
l'évêché de Verdun ; et alors il est difficile d'expliquer

(1) Clouet, III, 338 et Servais, I, 288.

(2) Wassebourg. — 1er vol. des Antiquités de la Gaule
(1549) Liv. VI, f° ccccxxxj.

comment, le 21 mars 1374 (n. s. 1375), on voit figurer
dans un état des condamnations prononcées à Souilly,
par les « juges et généraux réformateurs » barisiens,
un habitant de Souhesmes (1). Ces « généraux réformateurs » avaient été institués par le duc Robert en
1373, et ils avaient précisément pour mission de
connaître des usurpations commises au préjudice des
possessions du duc.

Peut-être Souhesmes était-il, dès cette époque,
possédé en commun par l'évêque de Verdun et le duc
de Bar ? Ce qui rend cette hypothèse assez vraisemblable, c'est que les traités de cession de 1331 et 1332
ne font mention que d'une partie de la souveraineté ; et
alors, si les comtes de Bar n'avaient pas acquis cette
souveraineté tout entière, le seul prince qui pouvait la
partager avec eux était l'évêque de Verdun, dont les
Etats confinaient au territoire de notre village. Cette
interprétation nous donne peut-être l'explication de la
saisie royale de 1374 : Souhesmes pouvait, à la ri-
gueur, être considéré comme un fief clermontois de
l'évêque de Verdun, et non comme une terre du duc de
Bar, s'il appartenait en commun ou par portions à l'un
et à l'autre de ces deux souverains.

En 1383, le duc Robert se dessaisit, vers la mi-fé-
vrier, de la châtellenie de Souilly en faveur de la
duchesse Marie de France, qui entra en possession de
son nouveau domaine, le 17 de ce mois. Les communautés de la prévôté lui accordèrent 124 livres (2), à

(1) Servais, I ; 275 et n.

(2) En prenant approximativement la livre-franc à 5 pour
6 florins, 124 livres représenteraient environ 1,339 fr. 20
cent. de notre monnaie, suivant Clouet (III, 288), ou
1,341 fr. 68 cent. d'après M. de Riocour.

titre de *prière*, et cet impôt fut réparti sur les popula-
tions de Souilly, Souhesmes, etc. (1).

Le 7 octobre 1386, les habitants de Souhesmes
s'obligèrent pour une somme de 36 francs d'or, (soit
environ 404 ou seulement 389,52 francs décimaux), à
l'acquit du duc de Bar, et au profit de Raoul, sire de
Louppy-le-Chastel (2). Raoul de Louppy fut un des
hommes les plus marquants du Barrois sous le règne
de Robert ; tout dévoué à la France, c'est lui qui, en
1352, avait assisté le bailli de Sens lors de la saisie
royale du Barrois (3) ; plus tard, en 1373, il avait
occupé au nom du roi les châteaux engagés par Iolande
de Flandre, et c'est encore lui qui, l'année suivante,
avait mis la main sur Souhesmes et autres villages,
pour défaut d'hommage au roi de France.

De 1386 à 1514 je n'ai trouvé aucun document relatif
aux habitants ou à la communauté de Souhesmes. Ils
dépendaient, ainsi que nous l'avons vu, de la prévôté
barroise de Souilly qui, en 1399, se composait des
douze communautés suivantes : Souilly, Dugny, Ancemont, Monthéron, Belleray, Saint-André, Osches,
Heippes, Mondrecourt, Issoncourt, Rambluzin et
Souhesmes (4). C'est pendant cette période que le
Barrois changea de souverains et passa par alliance
aux ducs de Lorraine, en conservant ses lois et coutumes particulières.

(1) Servais, II, 71.
(2) Arch. de Meurthe-et-Moselle, *Louppy-le-Chastel*, II,
14, et Servais, II, 140.
(3) Clouet, III, 244 et 337.
(4) M. Bonnabelle. — *Notice sur Souilly*.(Annuaire de la
Meuse, 1882, 3ᵉ part., p. 25.)

Le 27 juillet 1514, nous voyons Jean Bodinais, lieu-
tenant-général au baillage de Bar, donner commission
pour faire assigner devant lui plusieurs habitants de
Souhesmes, à la requête de Jacquemin de Neufville,
sire d'Aultrecourt ; à cette pièce est joint le rapport de
Nicolas Corpel, sergent audit baillage. Le requérant
invoque un legs de 100 florins fait par « feu Jehan du
bois en son vivant dem̄ a Rampont » à Jacquemin
Gabey dit Pillon, dudit Rampont, et il fait assigner
pour la délivrance de ce legs « Colas le petit-Colin,
Colas le Grant-Colin, h̄ubert son filz, iasque Milot
demorant audit Souhesmes (1) ». J'aurai à revenir sur
la plupart de ces familles, qui ont possédé des droits
seigneuriaux sur notre village.

Un compte du prévòt nous fait connaître que, de
1530 à 1531, le maître des hautes œuvres de Verdun
fut appelé à Souhesmes pour y fustiger un malfai-
teur (2).

En 1561, Souhesmes faillit changer de nationalité :
c'était une des conséquences de la situation nouvelle
dans laquelle se trouvaient les Trois-Evêchés, qui venaient de passer sous le protectorat français. Quand,
au xiie siècle, les évêques de Verdun avaient inféodé le
Clermontois aux comtes de Bar, ils avaient stipulé que
ceux-ci leur en feraient foi et hommage ; or, l'évêché
relevant lui-même de l'Empire, il s'ensuivait que le
Clermontois était véritablement terre impériale. Mais
lorsqu'en 1552, les rois de France se substituèrent en
fait aux empereurs d'Allemagne dans la protection des

(1) Arch. de Meurthe-et-Moselle, *Souilliers*, II, 26.
(2) *Moniteur officiel de l'Instruction primaire de la
Meuse*, n° 97, p. 112.

évêchés, le Clermontois, d'arrière-fief allemand, devint arrière-fief français, et le duc de Lorraine et de Bar, craignant de voir le roi invoquer contre lui l'hommage qu'il était tenu de rendre à l'évêque pour le Clermontois, se fit décharger de cette obligation (1) par les traités des 25 février 1561 et 10 septembre 1564. — Par la première de ces transactions, le cardinal Charles de Lorraine, administrateur du temporel des évêchés de Metz et Verdun, cédait au duc de Lorraine les droits que les évêques de Verdun prétendaient avoir sur Clermont, Vienne, etc., et le duc, de son côté, lui donnait en échange « la part et portion qu'il a ez villages de Souhesmes, Loyson, etc. (2) ». Cette transaction fut attaquée par le procureur du roi, qui s'opposa à son exécution, mais il reçut de la cour de France l'ordre de se déporter de cette opposition, sur la représentation de M. Pseaume (c'était le nouvel évêque de Verdun, tout dévoué aux Lorrains), « que » cet accord avait été conclu pour obtenir la protection » du duc de Lorraine contre les ennemis de la religion » et de l'Etat, et pour les besoins de l'évêché (3) ». Pour plus de sûreté, l'évêque et le duc renouvelèrent leur échange, le 10 septembre 1564 (4), dans les termes suivants : « Transportons, dit le duc de Lorraine, au » sieur Nicolas Psaulme et ses successeurs, évesques

---

(1) Clouet, I, 403.

(2) Callot, le Héraut d'armes, f° 354.

(3) Cf. Roussel, Histoire ecclésiastique et civile de Verdun, (1745) p. 445 et 454 n. et Dom Calmet, Notice de la Lorraine (1756), II, 514.

(4) Du Fourny (Inventaire, X, 2e part., p. 215) indique par erreur la date du 6 août.

» et comtes de Verdun, tout et entièrement que Nous
» avons ez villages terres hommages et justices de
» Souhesmes, y compris et contenu le Ban de Rozière
» y adiaçant (1), les fiefs du Ban des Pillons (2) et de
» la Petite Souhesmes qui seront et demeureront, sont
» et demeurent audit évesque et comte de Verdun (3) ».
Ce traité portait manifestement atteinte au droit de protectorat des rois de France sur l'évêché de Verdun,
aussi, quelques mois après, en 1565, le roi Charles IX
intervint en qualité de vicaire du Saint-Empire et
cassa les échanges de 1561 et de 1564. Ces deux
conventions demeurèrent donc sans résultat, mais les
termes dans lesquels la cession de Souhesmes avait été
faite nous font connaître l'étendue du droit que les ducs
de Lorraine y possédaient.

Le traité de 1561 parle de « la part et portion » que
le duc avait à Souhesmes ; celui de 1564 est un peu
plus explicite, il dit « ce que Nous avons ez villages
terres hommages et justices de Souhesmes, etc. »
D'après le chanoine Roussel (4), copié par Dom Cal-

---

(1) Le ban de Rozière était compris entre les villages de
Lemmes, Lempire, Nixéville, Souhesmes et Wadelaincourt.
Il avait été vendu par « Guiot fils Jacquemin Estriviers de
Charney » à Edouard, comte de Bar, le 20 avril 1333, pour
172 livres 15 sols 10 deniers (Archives de Meurthe-et-Moselle, *Souilliers*, I, 48). Ce village fut détruit par les Sué-
dois, en 1634.

(2) Nous avons vu qu'en 1514 Jacquemin Gabey était
surnommé Pillon. La carte des *Environs de Verdun*, par
Louis Denys, indique le *Banc d'Epilon* entre Osche et
Souilly.

(3) Callot, *le Héraut d'armes*, f° 354.

(4) Roussel, *Histoire ecclésiastique et civile de Verdun*
(1745), p. 445.

2

met, cela voudrait dire que le duc de Lorraine n'avait
sur notre village que « quelques droits », et, en rap-
prochant les expressions des traités de 1561 et 1564
de celles des traités de 1331 et 1332, on peut conclure
que les ducs n'avaient reçu des Apremont et ne pouvaient transmettre aux évèques de Verdun qu'une part
de souveraineté.

Quoi qu'il en soit de cette interprétation, le partage
du village de Souhesmes, probable dès 1374, plus
probable encore en 1564, existait certainement au
siècle suivant, puisque, en 1649, la Petite-Souhesme
seule faisait partie de la prévôté barroise de Souilly.
La Petite-Souhesme, dit M. Didiot (1), était un débri
d'un ancien ban qui comprenait les deux Souhesmes, le
ban et les diminuelles de Hamévaulx (2). — Le tout
avait été cédé à l'évêque de Verdun, en 1645 (3) ; mais
les « Escuyers et nobles personnes » de la Petite-
Souhesme refusèrent de reconnaître ce prélat pour leur
seigneur féodal, « en ore que S. M. les eut eschangé
audit sieur évesque par traité et accord fait entre S. A.
et ledit sieur évesque », si bien que la Petite-Souhesme
ainsi que la cense de Hamaivaux demeurèrent Barrois
mouvant, c'est-à-dire Lorraine, tandis que Souhesme-
la-Grande et le hameau de Wadelaincourt, qui n'avaient
pas de seigneurs particuliers pour protester contre

(1) M. l'abbé J. Didiot, *Souilly et sa prévôté en 1649.*

(2) Le Pouillé écrit HAMAYVAUX, Durival et Dom Calmet
HAMEVAUX, la carte des *Environs de Verdun* par Louis
Denys HASMEVAUX, et celle du Dépôt de la guerre HA-
MAIVAUX.

(3) *Moniteur officiel de l'Instruction primaire de la
Meuse,* n° 97, p. 112.

leur annexion, devinrent terre d'Evêché, et par suite France.

Souhesme-la-Grande suivait la coutume de Verdun, elle faisait partie de la prévôté de Charny, et ses causes, jugées en première instance au Présidial de Verdun, étaient tranchées en dernier ressort par le Parlement de Metz. Quant à la Petite-Souhesme, elle suivait la coutume du Barrois mouvant, faisait partie du baillage de Bar et de la prévôté de Souilly ; ses habitants étaient justiciables du Présidial de Châlons et allaient en appel au Parlement de Paris.

Telle fut, jusqu'à la réunion de la Lorraine à la France, en 1766, la situation politique de notre village. Que l'on consulte Roussel (1) ou Durival (2), Calmet (3) ou Stemer (4), Maillet (5) ou M. Liénard (6), tous les auteurs sont d'accord sur ce point.

L'annexion de la Lorraine à la France amena pour la Petite-Souhesme un changement de nationalité, sans modifier sensiblement son organisation administrative

(1) Roussel, *Histoire ecclésiastique et civile de Verdun* (1745). Liv. II, 3ᵉ part., ch. IV, p. CXXIX.

(2) Durival, *Table alphabétique.... de Lorraine et Barrois* (1749), p. 154. — *Mémoire sur la Lorraine et le Barrois* (1753), pp. 258 et 558. — *Description de la Lorraine et du Barrois* (1779), III, 391.

(3) Dom Calmet, *Notice de la Lorraine* (1756) I, col. 122, II, col. 514 et supplément au t. II, col. 36.

(4) Stemer, *Traité du département de Metz* (1756), pp. 89 et 439.

(5) Maillet, *Mémoires alphabétiques..... du Barrois* (1773),

(6) M. Liénard, *Dictionnaire topographique du département de la Meuse* (1872) Vᵒ *Souhesmes.*

et judiciaire, qui se maintint à peu près telle jusqu'à la Révolution.

En 1790, Souhesmes fut placé dans le district de Verdun et le canton de Sivry-la-Perche, mais, à la réorganisation de l'an VIII, il fut rattaché au canton de Souilly auquel il appartient encore de nos jours.

Dans l'ordre ecclésiastique, la paroisse de Souhesmes, comprenant les écarts de la Petite-Souhesme, de Wadelaincourt, de Hamaivaux et de la Petite-Rue, faisait partie du diocèse de Verdun, de l'archidiaconé d'Argonne et du doyenné de Clermont. Saint Airy était le patron de son église, et la cure, dont le revenu valait, à la fin de l'ancien régime, 500 livres plus le cinquième des dîmes à Souhesmes et le dixième à Wadelaincourt, était à la présentation du Chapitre de la Cathédrale. — Actuellement, la paroisse est de l'archiprêté de Verdun et du doyenné de Souilly (1).

II

Organisation féodale.

Après avoir exposé aussi rapidement que possible l'histoire et l'organisation politique, administrative et ecclésiastique du village de Souhesmes, il nous faut voir son organisation féodale. — Pour la Grande-Souhesme, il paraît certain qu'elle n'a jamais eu de seigneur particulier ; les droits seigneuriaux y étaient exercés en

(1) *Pouillé actuel du diocèse de Verdun*, tel qu'il a été rétabli par Ordonnance Royale du 31 octobre 1822, à la suite de l'*Histoire de Verdun*, de Roussel (Edition de 1864).

partie par les évêques de Verdun, en partie par les seigneurs de la Petite-Souhesme : ceux-ci ayant notamment le droit de nommer le maire et les échevins. Nous n'avons donc à nous occuper que de la Petite-Souhesme.

Dès le 8 mars 1270, le cartulaire des comtes de Bar (1) signale « Wauichier de Soueim », qui fut chargé avec Jean Roverel, prévôt de Clermont, d'estimer les biens échangés entre Thibaut, comte de Bar, et Jean de la Hareseie (2). Mais la première inféodation de Souhesmes que j'ai rencontrée ne date que du siècle suivant.

Les 1er et 2 mai 1364, le duc Robert de Bar engagea à « Perrin Brise-Paixel, eschevin dou palais de Verdun, Colette sa feme, Rollant danlrue (3) et Henriet don Morier citein de Verdun » (4) tout ce qu'il possédait dans les mairie, ban, finage et justice de Dugny, Ancemont, Monthéron le Grand et le Petit, Landrecourt, Senoncourt, Souhesme et Belleray, pour la somme de 2,030 petits florins (5). Le duc s'était réservé la faculté de rentrer en possession de ces terres, en payant le prix de rachat avant le 2 octobre. Ces engagements étaient assez fréquents au moyen-âge, et l'abbé

(1) Renseignement communiqué par M. L. Le Mercier de Morière.

(2) Probablement *la Harazée*, près Vienne-le-Château (Marne).

(3) Rolland d'Ancelrue.

(4) Arch. de Meurthe-et-Moselle, *Souilliers*, II, 5. — Servais, I, 154 et n.

(5) Soit environ 18,270 fr. de notre monnaie, d'après Clouet, ou 22,837 fr. 50 c., suivant M. de Riocour.

Clouet (1) donne la formule que les parties employaient habituellement. Le créancier avait la jouissance de la chose hypothéquée, les revenus et les fruits représentant l'intérêt de son argent. A proprement parler, c'était donc une vente à réméré plutôt qu'un engagement. — Voyons maintenant ce qu'étaient ces trois « citeins » de Verdun qui avaient ainsi acquis pour 2,030 petits florins les seigneuries de Souhesmes, Dugny, etc.

Perrin Brise-Paixel devait être fort riche, car, l'année précédente (1363), il avait déjà prêté à la comtesse douairière de Bar, Iolande de Flandre, une somme de 2,400 florins de Florence, et il avait reçu en gage « sa bonne couronne d'or à pierres et à perles, trois grands florons et six petits de ladite couronne, deux chapeaux d'or à pierres et à perles, et douze ecuelles d'argent » (2). Il s'était déjà trouvé en relation avec la comtesse, en 1359, dans les circonstances suivantes : la Ville de Verdun venait de faire la paix avec les ducs de Luxembourg et de Bar qui s'étaient ligués contre elle, la comtesse Iolande réclama de la Ville une indemnité qui fut fixée à 500 florins, et, pour sûreté de sa créance, elle fit arrêter et garder en ôtage un notable verdunois. Or, ce notable n'était autre que Perrin Brise-Paixel, qui devenait, quatre ans après, son créancier. Les chroniques verdunoises (3) font souvent mention de la famille Paixel, qui était du lignage d'Estouff (4) et

(1) Clouet, III. 279 n.

(2) Clouet, III. 312 et n.

(3) V. Clouet, I. 479, II. 565 et n., 576. III. 2°3, 463, 518, 519 n., 544 n., 575, 585 et s., 595.

(4) Il serait trop long d'exposer ici l'origine et l'organisation assez obscures des *Lignages* verdunois, sortes de

comptait parmi les maisons les plus puissantes de la
cité. Le 22 juillet 1391, « Willame et Gillet Paixel »
figurent à l'assemblée « des plus notables bourgeois
et habitans » ; Regnauld devint official de l'évêché et
chanoine écolàtre du Chapitre ; Gilles, son frère, était
qualifié de messire, de noble homme et de chevalier ;
il fut successivement échevin du Palais, puis maître-
échevin et doyen séculier de la cité. En 1399, il se
reconnut homme de l'évêque Liébauld de Cousance,
pour la maison-forte de Fromeréville, et son fils, qui
portait même prénom que lui, fut admis parmi les
« varlets du Roi » (1). Nous voyons le nom de Gilles
Paixel figurer, en 1404, sur la cloche des heures de la
cathédrale ; il est encore cité en 1412 et en 1417, en
1420 et en 1421, dans divers actes où l'on voit Gilles
figurer en qualité de mandataire de la ville ; mais le
souvenir le plus durable qu'il laissa, est la magnifique
chapelle, dite aujourd'hui du Saint-Sacrement, qu'il
fonda, vers 1420, à la cathédrale de Verdun, de concert
avec son frère, le chanoine Regnauld. On y plaça leurs

clans qui remontaient à l'an 1200. Les lignages de la Porte
et d'Azanne étaient rivaux, celui d'Estouff essayait de tenir
le « juste milieu » entre les deux autres. (V. *Clouet*, II,
281.)

La Porte portait : *De gueules semé de croix recroisettées au
pied fiché d'or, à trois portes fortifiées de même posées 2-1.*

Azanne : *D'hermine plein.*

Estouff : *Parti, à dextre de gueules semé de fleurs de lys
d'or, à senestre de sable semé d'aiglettes au vol abaissé cou-
ronnées d'or.*

(1) Parmi les *Varlets* de Philippe-le-Bel, les comptes
royaux mentionnent Louis roi de Navarre, Philippe comte
de Poitou, Charles comte de la Marche, etc.

tombeaux avec une curieuse épitaphe, relatant le voyage de Gilles en Terre-Sainte. Celui-ci mourut le 24 avril 1444 ; son frère l'avait précédé dans la tombe le 4 août 1421. — Lorsqu'on a restauré leur chapelle, il y a quelques années, on a enluminé, à tort et à travers, les armoiries qui en ornent la clef-de-voûte. Les armes parlantes des Paixel étaient : *D'argent à trois paixels (ou paisseaux) posés en fasce l'un sur l'autre* (1). A ces armes primitives, Regnauld Paixel avait joint l'aiglette (2), et la fleur de lys du lignage d'Estouff, et Gilles y avait encore ajouté une roue de sainte Catherine, en mémoire de son voyage au mont Sinaï ; de telle sorte que ces écussons peuvent se blasonner ainsi :

Armes de Gilles Paixel : *Cantonné au 1er d'une aiglette, au 2e d'une roue, au 3e d'une fleur de lys, et au 4e d'un paisseau mis en fasce.*

Armes de Regnauld Paixel : *Chargé à dextre d'une aiglette soutenue d'une fleur de lys, et à senestre de trois paisseaux mis en fasce l'un sur l'autre.*

A la clef-de-voûte de la nef de la même chapelle, on a placé ces deux écussons en pendant, et, pour la symétrie, on a ainsi modifié les armes de Gilles Paixel : on a mis la roue au 1er quartier, on a contourné l'aiglette pour la placer au 2d, le paisseau est au 3e et la fleur de lys au 4e.

Rolland d'Ancelrue avait pris, suivant l'usage adopté à cette époque par quelques nobles verdunois, le nom de son quartier (*Anselmi vicus*) (3). Il devait descendre

(1) Baron d'Hannoncelles, *Metz ancien* (1856), II, 206.

(2) Et non pas un alérion, comme le dit M. l'abbé Clouet.

(3) Clouet, I, 458 et s., 480 et s., II, 46, 364. — Cf. I, 482 et III, 310.

de Richard d'Ancel-Rue, surnommé le Chevalier-Blanc
(*Richardus de Anselmi-Vico, cognominatus albus mi-
les*) qui vivait en 1229. Quant à lui, il fut échevin du
Palais de Verdun, mourut en 1388, et fut inhumé à la
cathédrale, dans la chapelle de la Nativité, sous un
magnifique tombeau gothique où il était représenté
couvert de son armure. Son épitaphe lui donnait les
nom et titre de « Roland d'Uselrue, chevalier, citain de
Verdun », et il portait dans ses armes les hermines du
lignage d'Azanne dont il faisait partie. Il laissa comme
exécuteur testamentaire dame Julienne sa veuve, dont
il avait eu une fille, dame Poince, qui vivait encore en
1443 (1).

Henriet du Morier devait être un personnage aussi
considérable que ses deux associés. Nous le trouvons
cité, dans un procès-verbal du 18 octobre 1389, en qualité de « justicier et gouverneur » de la ville, et, le 22
juillet 1391, il figure à côté de Willame et Gillet Paixel
à l'assemblée des notables de Verdun. Il avait une fille,
Poincette, mariée à Jean II Piedeschault, écuyer, seigneur pour moitié de Marange ; elle mourut au mois
d'octobre 1401, et son mari épousa en secondes noces
Poincette, fille de Pierre Brise Paxel (2). Jean Piedeschault devint donc successivement le gendre de deux
des engagistes de Souhesmes. — Henriet du Morier appartenait, suivant toutes vraisemblances, à la famille
de Jehan dit Du Morier, qui fut Maître-échevin en 1323
et en 1336. En 1353, ce même Jehan du Morier prêta
« 1,100 florins à l'écu, de bon or et juste poids » à la

(1) Clouet II, 280, 567, 586 et III, 287.
(2) M. d'Hannoncelles, *Metz ancien* (1856), II, 205.

comtesse Iolande ; et, sous l'année 1366, nous trouvons Henriet (ou Hennes) Dumorier fournir au duc Robert « huit vingt reises de froment » pour lesquels le prince lui souscrivit une obligation de 960 petits florins d'or (1).

Comment se termina cet engagement de Souhesmes aux trois « citeins » de Verdun ? Le duc de Bar usa-t-il de la faculté de rachat qu'il s'était réservée ? c'est assez probable, car nous ne trouvons plus aucune trace de la possession de la seigneurie de Souhesmes par les trois chevaliers verdunois.

Le 25 janvier 1457, c'est « Henri de Sohesmes, escuier » qui fait le dénombrement de ce qu'il tient à Rampont, Souhesmes, Oches, etc. (2), et le même jour, il donne son dénombrement pour Burey (3) et Robert-Espagne (4).

D'après la coutume de Bar, il y avait deux actes qui assuraient au vassal la jouissance de son fief : l'acte de foi et hommage, et le dénombrement, ou description du fief, que le vassal était tenu de présenter à la Chambre des Comptes. Ces deux actes devaient être renouvelés à chaque mutation de seigneur ou de vassal (5).

Henri de Sohesmes descendait probablement de Warin de Souhesme que nous voyons, en 1378 (6),

(1) Clouet, I, 480 n.; III, 150 n.; 174, 246 n.; 320 n.; 447, 463.

(2) Arch. de Meurthe-et-Moselle, *Souilliers*, I, 84.

(3) *Beurey*, canton de Revigny (Meuse).

(4) Arch. de Meurthe-et-Moselle, *Bar fiefs*, II, 25.

(5) *Cout. de Bar*, tit. I; art. 27, et *Nouveau commentaire sur la coutume de Bar*, par Jean le Paige (1711), sous l'article 8, tit. I.

(6) Arch. de Meurthe-et-Moselle, *Souilliers*, I, 31.

vendre à Jean de Vigneulles, chevalier, bourgeois de Verdun, ce qu'il possède à Mahéron-la-Petite. En tous cas, il était fils de « Jehan de Sohesme, escuier, seigneur dudit Sohesme et de Burey en partie », lequel était mort antérieurement à 1455. Il laissait un frère, « Giles de Souhesme, escuier, seigneur de Buerrey en partie », qui rendit foi et hommage, le 14 mars 1455, « pour Buerrey la grand et petitte », et une sœur, nommée Adeline, mariée à Michelet de Villers. Gilles de Souhesme donna, le même jour, son dénombrement pour le tiers de Robert-Espagne et de Contrisson (1). Il est probable qu'il y eut, vers la même époque, un autre Henry de Souhesmes, car nous voyons, le 18 septembre 1452, Marie de Burey, veuve de feu Henry de Souhesmes, faire ses reprises pour le fief de Burey, de concert avec son gendre Simon de Changey, écuyer, seigneur de Brainvillers (2) en partie, à cause de Bonne de Souhesmes sa femme (3).

Je n'ai pu déterminer avec certitude à quelle famille appartenaient ces sires de Souhesmes. Le sceau de Gilles est encore appendu aux dénombrements de 1452 et de 1455, mais il est complètement brisé et indéchiffrable. Il n'en est pas de même heureusement du sceau de Henri de Souhesmes qui est joint au dénombrement de 1457. Le casque est contourné, il porte pour cimier une sorte de fer de lance abaissé entre deux ailes ; l'écusson semble *parti et chargé de cinq*

---

(1) *Ibid.* — *Titres féodaux*, série E, 54 et *Bar Longeville*, 112.

(2) Probablement *Brauvilliers*, canton de Montiers-sur-Saulx (Meuse).

(3) Arch. de Meurthe-et-Moselle, *Bar fiefs*, II, 24.

annelets posés en sautoir. Le seul mot de l'exergue que l'on puisse lire est « ... Henri ... » Ces armes appartenaient à plusieurs familles du pays, notamment à la maison de Rampont qui y avait ajouté un franc-quartier d'hermine, et, comme Henri de Souhesmes possédait une partie du fief de Rampont, il est permis de supposer qu'il descendait de cette famille.

Le 26 décembre 1487, « Jehan de Varenges dit Monferrant, escuier, Sr de Warney (1) et Aultrecourt (2) en partie » présente son dénombrement pour ce qu'il tient au ba 1 et fînage de la Petite-Souhesme, à cause d'Isabeau de Nettancourt, sa femme (3), dont le frère, Jean dit Petit-Jean de Nettancourt possédait également une portion. Cette pièce est encore revêtue du sceau de Jean de Varenges, dont les armes sont : *Ecartelé au 1er et 4e à huit roses* (ou quintefeuilles) *posées 3-2-3, au 2e et 3e au lion passant.* L'écusson est sommé d'un casque surmonté d'un vol et orné de lambrequins ; on lit autour du sceau ces mots en caractères gothiques :

« .... EN DE VARRE ..... »

Isabeau de Nettancourt était fille de Wautrin de Nettancourt et de Claude de Lucy, et petite-fille de George, sieur de Nettancourt, Vaubecourt, Autrecourt, Waly et Neuville-sur-Orne, bailli et gouverneur de Bar en 1426, marié dès 1400 à Aliénor d'Apremont. Isabeau épousa en premières noces Jean, seigneur de Warney, et en secondes noces Jean de Varange, seigneur de

(1) *Varney,* canton de Revigny (Meuse).

(2) *Autrécourt,* canton de Triaucourt (Meuse).

(3) Arch. de Meurthe-et-Moselle, *Souilliers,* I, 85 et 86

Montferrand (1). Les Nettancourt portent : *de gueules au chevron d'or* (2). Comment étaient-ils devenus possesseurs d'une partie du fief de la Petite-Souhesme ? Etait-ce Aliénor d'Apremont qui la leur avait apportée ? Ce n'est pas probable, puisque nous avons vu que les Apremont avaient vendu, en 1332, aux comtes de Bar « tout ce qu'ils avaient » à Souhesmes. Quoi qu'il en soit, il paraît certain qu'Isabeau de Nettancourt et son frère Jean ont été les seuls membres de leur Maison ayant possédé une portion de notre fief.

Le 7 mars 1548, « Didier Godin, demeurant à la petite Soubhesme » fait ses reprises pour. « tout ce qu'il a et tient en ladicte prévosté de Souilly, ensemble d'un moulin scitué et assis au bailliage de Clermont et générallement de tout ce qu'il a et peult tenir en fiefz...... (3) » dans le duché de Bar.

Didier Godin était petit-fils de Menault des Godins et de Perlette de Forgeault de Vassincourt ; il avait épousé Gilette des Gabets dont la mère était une Valleroy, et ses descendants ont possédé, au moins en partie, le fief de la Petite-Souhesme depuis cette époque jusqu'à la Révolution, c'est-à-dire pendant deux siècles et demi. Les armes de cette Maison sont : *Parti, coupé, tranché et taillé d'or et d'argent, à une croix*

---

(1) Dict. de Moreri (1712). — D'après quelques généalogistes, Jean de Warney et Jean de Varenges, sieur de Warney, ne feraient qu'un.

(2) Callot, *le Héraut d'armes*, fº 600. — Husson l'Escossois, le *Simple crayon*, fºˢ 176 et suiv.

(3) Didier Richier dit Clermont, *Liure de la Reserche et du Recueiul des Nobles du Bailliage de Clermont*, 1578. (Ms. de Salis), fº 113.

patée de sable brochant sur le tout (1). Il y a lieu de supposer que Didier des Godins tenait au moins une partie du fief de la Petite-Souhesme du chef de sa femme, Gilette des Gabets, et que les Gabets tenaient eux-mêmes ce fief des Valleroy, car on trouve dans un Armorial manuscrit rédigé d'après la Recherche de Didier Richier dit Clermont, en 1578, que les anciens seigneurs de Souhesmes étaient de cette Maison, et cette assertion est confirmée par deux actes de 1507 et de 1556 relatifs à l'acensement du bois de Muniel aux habitants de Ville-sur-Cousances. Les Valleroy portaient : *D'argent à trois huchets de sable, liés et surmontés de deux bécasses affrontées de même* (2).

Le 21 mai 1556, les officiers de la Chambre des Comptes de Bar amodièrent à Etienne Sailly (probablement Saillet) le moulin de Souhesmes, pour une période de six ans, à charge de deux rez de blé au duc de Bar et deux rez à l'évêque de Verdun (3). Cet acte vient encore confirmer l'hypothèse précédemment émise sur le partage de la souveraineté du village de Souhesmes, dès cette époque, entre le duc et l'évêque.

Le 14 avril 1562, il intervint une transaction authentique entre les sept enfants de Didier des Godins et de Gilette des Gabets qui étaient en procès pardevant le bailli de Bar (4) à l'occasion du partage de la succes-

---

(1) *Ibid.* f° 25. — Callot, *le Héraut d'armes*, f° 448 verso. — D. Pelletier, *Nobiliaire de Lorraine*, art. *Forgeault*, p. 247. — D. Pelletier annoté (Ms. de la Bibl. de Nancy).

(2) Arm. ms. d'après Did. Richier dit Clermont.

(3) Arch. de Meurthe-et-Moselle, *Souilliers*, II, 38.

(4) L'art. XLIII, tit. II, de la *Coutume de Bar*, disait : « Le » Bailli de Bar est juge en première instance de toutes per- » sonnes nobles. »

sion de leur père. Les fils prétendaient que, « par
» la coustume generalle (1), toutes gens noblès
» tenant et observant les fief, le filz masle prend tout
» premièrement auant ses sœurs scauoir deux fois
» autant que lune dicelle en titre de fief et seigneurie » ;
cependant il fut convenu entre les parties que les fils
prendraient « tout premièrement la haute maison de la
» Petite Soham, auec les estables, granges, etc. »,
mais que pour le reste de la succession, fiefs ou non,
le partage se ferait par tête et sans distinction de
sexe (2).

Vers la même époque, il est fait mention de Claude
des Simons, écuyer, seigneur de la Petite-Souhesme
en partie, échevin du Palais de Verdun. Il avait épousé
Appolline de Watronville, dont il eut Madeleine des
Simons qu'il maria, le 18 mars 1593, à Paul des Ancherins, écuyer, seigneur de Saint-Maurice (3). Le 19
juin 1578 (4), le duc de Lorraine et de Bar retira
« par puissance de fief», à Claude des Simons, seigneur
de la Petite-Souhesme en partie, les portions qu'il avait
dans la seigneurie de Doualmont (5) pour les vendre
à Jean de Triconville, écuyer, seigneur de Besonval (6).

---

(1) L'art. CXVIII, tit. IX, de la *Coutume de Bar*, était
ainsi conçu : « En succession de terre de fief en ligne di-
« recte, un fils a et emporte autant seul que deux filles,
» mais en terre de poté ils succèdent également. »

(2) Pap. de famille.

(3) D. Pelletier annoté (Ms. de la Bibl. de Nancy), art.
Ancherins. — M. Brizion, *Hist. des Villages du canton de
Fresnes-en-Woëvre* (1866), p. 99.

(4) Arch. de Meurthe-et-Moselle, B. 47, f° 178.

(5) *Douaumont*, canton de Charny (Meuse).

(6) *Bezonvaux*, canton de Charny (Meuse).

Claude des Simons est peut-être le même personnage que le Dessimons que nous trouvons cité, en 1592, comme bailli de Verdun (1) ; ce qu'il y a de certain, c'est que la Maison des Simons portait : *D'or à trois losanges de gueules mis en fasce* (2).

Le 3 avril 1581, il est fait mention de « Christofle de Godin et Nicolas de Godin son frere escuyers et seigneurs de la Petite Soubhesme en partie (3 . »

Le 19 janvier 1583 (4) et le 29 octobre 1588 (5), nous voyons que « Simon des Gabets et Nicolas des Gabez, escuyers » prennent également le titre de seigneurs de la Petite-Souhesme. Les lettres patentes du 9 avril 1594 (6) signalent encore un autre membre de cette famille : « Robert de Gabet » qui fait ses reprises avec Simon de Gabet, (ce dernier étant fondé de procuration de Marguerite Thomassin), pour leurs portions dans la seigneurie de « la Petitte Soubhanne. » La Maison des Gabets portait : *d'Azur au lion d'or dressé contre un chêne de même* (7). Elle a produit un savant bénédictin, Dom Robert des Gabets, né en 1620 soit à Dugny (8), soit plutôt à Ancemont (9). Il se rendit cé-

(1) Clouet, II, 370 n.

(2) Arm. ms. d'après Didier Richier dit Clermont.

(3) Pap. de fam.

(4) Id.

(5) Arch. de la Meuse, B. 314, fo 55.

(6) Arch. de Meurthe-et-Moselle, B. 65, fo 51 verso.

(7) Arm. ms. d'après Did. Richier dit Clermont.

(8) Durival. — *Mémoire sur la Lorraine et le Barrois* (1753) p. 262. — D. Calmet.— *Notice de la Lorraine* (1756), Vo *Ancemont* et *Dugny.*

(9) Durival. — *Description de la Lorraine et du Barrois* (1779) II, 362.

lèbre par ses écrits philosophiques et surtout par les
essais sur la transfusion du sang qu'il fit à Saint-Ar-
nould de Metz, en 1650 ou 1658 (1).

A la date du 30 janvier 1596 nous trouvons le contrat
de mariage de « Jacques des Godins escuyer S^r de la
Petite Sohesme en partie, fils de Christofle des Godins
aussi escuyer, S. de la Petite Sohesme » avec Damoiselle Renée de Murer, et, à la date du 23 mai 1599, celui de « Didier (II) de Godin escuyer et sieur de la
Petite Souhem en partie » avec Damoiselle Jeanne de
Montplainchamps ; mais ni l'un ni l'autre de ces
contrats (2) ne fait mention de la terre de Souhesmes.

Le 2 mai 1603, le duc Charles III admit les seigneurs
de Souhesmes à lui prêter foi et hommage pour leur
fief. C'était Robert des Gabest, tant en son nom qu'au
nom de Pierre Gallois, Jacques des Gabest, Jacques
des Godins en son nom et comme tuteur des enfants
mineurs de Nicolas des Godins, Didier de Bertinet et
Jean le Saillier (3).

Pierre Gallois était fils d'Antoine Gallois dit de
Naives, seigneur de Rampont, qui avait été anobli (4)
le 12 octobre 1536. Lui-même devint, le 23 avril 1608,
« conseiller d'Etat de S. A. et en la Cour Souveraine de
Lorraine ». Il avait épousé Jeanne Arnoult, dont il eut
six enfants. Comment était-il devenu co-seigneur de la
Petite-Souhesme ? Je n'ai rien trouvé dans la généalo-

(1) Larousse. — V° *Desgabets*.

(2) Pap. de fam.

(3) Renseignement communiqué par M. A. R. de Gironcourt, dont la famille est alliée aux Bertinet.

(4) Dom Pelletier, *Nobil. de Lorraine*, p. 274. — M. Dumont, *Nobil. de St-Mihiel* (1865) II, 17.

gie de sa famille qui permît de supposer que cette seigneurie lui arriva par alliance. — Les Gallois portaient : *De sable parti d'argent, à un anneau chargé de
quatre roses de l'une en l'autre.*

Dom Pelletier (1) dit, d'après le P. Hugo, que Jean
Bertinet, père de Didier, obtint, le 19 octobre 1583, des
lettres patentes du grand duc Charles (III) l'autorisant à
suivre la noblesse et à porter les armes de sa mère,
qui sont, dit-il : *D'argent à l'aigle de sable éployée et
couronnée d'or.* D'autre part, M. Dumont (2) prétend
que la mère de Jean Bertinet était Mariette Galavaux,
fille de Michel Galavaux qui descendait de l'ancienne
noblesse de Wandelaincourt et en portait les armes :
*D'Azur à une bande componnée d'or et de gueules de
cinq pièces, à une aigle d'argent brochant sur le
tout* (3). Si le P. Hugo, D. Pelletier et M. Dumont
disent vrai, les Bertinet devraient avoir ces dernières
armes au lieu de celles qui leur sont attribuées par
Dom Pelletier lui-même, et ce serait un nom de plus à
ajouter à ceux des seize familles qui, ainsi que nous
allons le voir, portaient ces armoiries. — Aussi est-il
assez probable que les Bertinet étaient nobles avant les
lettres patentes du 19 octobre 1583, et ce qui vient ap-
puyer cette hypothèse c'est que, deux ans avant son
anoblissement, Jean Bertinet prenait déjà le titre de
« Messire (4) ». Il avait épousé d'ailleurs Nicole de Godin, et il est vraisemblable que c'est grâce à cette al-

(1) D. Pelletier, *Nobil. de Lorraine*, p. 52.

(2) M. Dumont, *Nobil. de Saint-Mihiel* (1864) II, 425.

(3) *Arm. des nobles et privilégiés du Barrois* (*l'Austrasie*,
an. 1858-59). — D. Pelletier, p. 273.

(4) Quittance du 3 avril 1581 (Pap. de fam.).

liance que les Bertinet devinrent co-seigneurs de la Petite-Souhesme.

Les Saillet étaient originaires du Clermontois, ils portaient : *D'azur à une bande componnée d'or et de gueules de cinq pièces, à l'aigle d'argent brochant sur le tout* (1). Ces armes étaient très communes dans notre région, et l'on trouve quinze ou même seize familles qui les portaient, les unes par concession directe, les autres en vertu de l'art. LXXI de la coutume de Bar.

Aux termes de cet article, l'enfant né du mariage d'un père roturier et d'une mère noble pouvait suivre l'état et condition de la mère, en renonçant, au profit du duc, au tiers des biens de la succession paternelle. Dans ce cas, il prenait le nom et les armes de la mère (2) : c'est en vertu de cette disposition que les Verry de la Plume et les Vosgien relevèrent, comme nous le verrons plus loin, les noms et armes des Saillet et des Mercy.

Les familles qui portaient les mêmes armes que les Saillet étaient les suivantes : Chappé, Courtois, Gallavault, Geoffroy de Saint-Remy, Gillet, Grandjean, Grandpierre, Jacquinet, Maugisson, Richier, Vautrain, Verry de la Plume et Wandelaincourt. Il faut encore ajouter à cette liste les Burlerot qui écartelaient leurs armes de celles-ci, et probablement aussi les God, dont l'écusson semble avoir été mal rapporté par D. Pelletier (3). — Il est probable que les Saillet tenaient de la

---

(1) Callot, *le Héraut d'armes*, fº 449 verso.

(2) Déclaration du 26 mai 1707.

(3) V. *Arm. ms.* d'après Did. Richier dit Clermont. — *Arm. des nobles et privilégiés du Barrois (l'Austrasie*, an

famille de Wadelaincourt leurs armes et de la famille des Godins leurs parts dans la seigneurie de Souhesmes : en effet, au nombre des sept enfants de Didier des Godins, entre lesquels intervint la transaction du 14 avril 1562, figure « noble homme Estienne Saillé demeurant à Vuadelaincourt et Jeannette sa femme, à cause d'elle », et tout fait croire que Jean Saillet était leur fils. Quoi qu'il en soit, ses descendants s'allièrent à d'autres Maisons seigneuriales, notamment aux familles des Simons et des Gabets, et ils prirent dans tous les actes, à partir de cette époque, le titre de seigneurs de la Petite-Souhesme. Plus tard, Antoine Verry de Saillet, fils d'Antoine Joseph Verry de la Plume et de Nicole II de Saillet, s'étant fait anoblir le 21 mars 1731 (1), en vertu de l'art. LXXI de la Coutume, il quitta le nom de son père pour ne porter que celui de sa mère, si bien qu'à dater de cette époque les seigneurs de Souhesmes que l'on trouve désignés sous le nom de Saillet sont à vrai dire des Verry.

Dans un acte de vente du 11 décembre 1606 (2), on voit figurer, parmi les membres de la famille des Gabets, Geoffroy Jeandin qualifié d'écuyer et de seigneur en partie de la Petite-Souhesme. Ses armes étaient :

1858-59). — Callot, *le Héraut d'armes*, folios 449, 449 Vº. — D. Pelletier, *Nobil. de Lorraine*, pp. 115, 178, 273, 304, 310, 324, 815. — D. Pelletier annoté (Ms. de la Bibl. de Nancy), art. *Burlurault*.

(1) D. Pelletier, p. 815. Son père figure déjà cependant dans un acte de baptême du 10 février 1704, sous les noms et titre de « Antoine Joseph de Very dit de la Plume, escuyer. » (Reg. de l'Etat civil de la com. de Souhesmes.)

(2) Pap. de fam.

D'azur au chevron d'or accompagné de deux étoiles d'or en chef et d'une rose de même en pointe, au chef d'argent chargé de trois merlettes de sable. Geoffroy Jeandin est-il le même que Geoffroy Jandin, écuyer, fils de Nicolas et frère de Jean, qui figurait au contrat de mariage de ce dernier, le 6 décembre 1533 ? C'est peu probable. Ce Geoffroy Jandin avait épousé Marguerite le Genel et en eut un fils Jean, qui paraît ne pas avoir laissé de postérité, tandis que Geoffroy Jeandin, dont il est question en 1606, avait épousé Isabelle des Gabets, et nous trouvons à Souhesmes, en 1694 (1), Marie et Anne Lise de Jandin qui descendaient probablement de lui.

Le 28 décembre 1606, Didier de Bertinet et Isabelle de Thomassin, sa femme, acquirent moyennant 25 francs barrois (2) les droits et actions que leur sœur et belle-sœur « Jehanne de Bertinet, épouse d'Estienne Boucaire, escuyer, » possédait sur la seigneurie de Souhesmes (3).

Le 13 juillet 1607, la chambre des Comptes de Bar rendit un arrêt (4) sur l'aveu et dénombrement présenté, le 24 janvier précédent, par « Symon de Gabert (Desgabé ou des Gabets) escuyer, seigneur en partie de Soubhesme la Petite, Osches et Fleury en Argonne, Robert des Gabé et consors ». Ce document nous donne la liste des seigneurs de la Petite Souhesme à cette

(1) Rapport d'experts du 26 avril 1694 (Pap. de fam.)

(2) Soit environ 44 fr. de notre monnaie, suivant les tables de M. de Riocour.

(3) Renseignement communiqué par M. A. de Gironcourt.

(4) Arch. de la Meuse, *Souhesme la Petite*, reg. 40, R. 314, folios 55 et 56.

époque : la famille des Gabets est représentée par
quatre de ses membres, Simon, Robert, Nicolas et
Jacques, tous qualifiés d'écuyers, plus Jean le Petit-
Collin qui intervient en qualité de curateur de Marguerite le Petit-Collin sa fille, à cause de feue Marie des
Gabets sa mère. La famille des Godins est représentée
par Christophe des Godins, écuyer, plus Jacques de la
Vaulx (1) qui paraît en qualité de tuteur des enfants
nés du mariage de feu Nicolas des Godins et de Marie
de Nonancourt. Enfin, nous trouvons Jean Saillet, Didier des Bertinets et Pierre Galloys qui sont tous trois
qualifiés d'écuyers : nous avons déjà mentionné leur
nom sous l'année 1603.

Ainsi que nous venons de le voir, Jean le Petit-
Collin ne figure au nombre des seigneurs de la Petite-
Souhesme que du chef de sa femme, Marie des Gabets,
et seulement en qualité de curateur de sa fille. On ne
lui donne pas dans cette pièce le titre d'écuyer, cependant je trouve dans un acte de vente du 16 février 1606
« Jean des Petit-Collins, escuyer », puis, dans un
compte de tutelle du 4 août 1617, « Jean le Petit-Collin, escuyer », enfin, dans une requête du 17 janvier
1635, « Nicolas des Petit-Collins, escuyer (2) », et,
dans un acte de baptême du 2 mars 1642, « Christophe
Petit-Collin, escuyer (3) ». Je crois que cette famille
portait indifféremment les noms de Collin, ou de Petit-
Collin, mais je n'ai pu découvrir ses armes.

(1) C'est probablement une erreur, il s'agit vraisemblable-
ment de Jacques des Godins, ainsi que nous le verrons plus
loin.

(2) Pap. de fam.

(3) Reg. de l'Etat civil de la commune de Dugny. — (Rens.
com. par M. l'abbé Gillant.)

Le 13 mars 1608, nous voyons paraître pour la première fois, dans un acte de vente (1), « Robert Boucquart, escuyer, sieur de Sohesme la Petitte en partje, et Damoiselle Anne desgabetz sa femme ». Il semblerait, d'après cela, que Robert Boucquart était seigneur de Souhesmes du chef de sa femme ; cependant les Boucquart devaient posséder depuis longtemps une part dans la seigneurie de notre village, car, dès l'année 1567, il est fait mention de « Paquin Boucquard de Souhème » réhabilité en sa noblesse, au mois d'octobre de ladite année (2). Il est même désigné quelquefois sous le nom de « Pacquin de Souhesme (3) ». Enfin, qu'il ait été réhabilité le 15 février 1567, comme le dit le *Nobiliaire de Lorraine annoté*, ou dans le courant du mois d'octobre, comme le prétend Didier Richier, ou seulement le 19 octobre 1569, comme le veut D. Pelletier (4), il est probable que sa famille avait possédé fief à Souhesmes puisqu'il en portait le nom. Les armes des Boucquart étaient : *D'Azur à trois annelets d'or posés 2-1, celui de la pointe chargé d'un héron d'argent, armé, allumé et membré d'or.* — Ces Boucquart descendaient-ils des anciens seigneurs de Souhesmes, dont font mention les archives de 1378 à 1457 ? Cela n'est pas absolument impossible : d'une part, leurs armes offrent une certaine analogie, bien lointaine il

(1) Pap. de fam.

(2) *Arm. ms.* d'après Did. Richier dit Clermont, art. *Boucquard.*

(3) D. Pelletier annoté (Ms. de la Bibl. de Nancy) art. *Souhesme.*

(4) D. Pelletier, *Nobiliaire de Lorraine*, p. 70.

est vrai, avec celles d'Henri de Souhesmes ; d'autre part, nous avons vu, sous l'année 1378, que Warin de Souhesme avait des biens à Monthéron, et les armes que portaient les Boucquart semblent être celles de cette terre (1). Au reste, ce nom de Boucquart paraît être une corruption du nom allemand Burckhardt, dont nous avons fait Brocard, Bourcart et Boucquart, et s'il est assez difficile de faire remonter l'origine des Boucquart de Souhesmes à Brocard de Crespy, ou à Burckhardt de Fénétrange qui ont joué un rôle important dans l'histoire de Verdun, aux xiiiᵉ et xivᵉ siècles (2), il est permis du moins de rattacher à cette famille Jean Boucart qui fut secrétaire du Conseil de la Cité en 1574, Bailli en 1592, et dont le nom a été porté jadis par une rue de Verdun (3).

Dans un acte de vente du 31 janvier 1610 (4), nous voyons paraître un nouveau co-seigneur de Souhesmes, c'est Claude de Condé, écuyer, qui portait : *D'azur au chevron d'or accompagné en chef de deux casques d'argent, et en pointe d'une hure de sanglier de même posée de front* (5). Il descendait d'une ancienne Maison, ori-

---

(1) Lorsque les La Cour devinrent seigneurs de Monthairon, ils quittèrent leurs anciennes armes (*D'argent à cinq annelets d'azur posés en sautoir et cantonnés de quatre hermines de sable*) pour prendre les armes que portaient les Boucquart. — (V. Mém. de la Soc. d'Arch. de la Moselle, an. 1864, p. 175).

(2) Clouet, I, 515 ; II, 280 ; III, 246, 268, 274.

(3) Clouet, I, 11 et 481 ; II, 370 n.

(4) Pap. de fam.

(5) Callot, *le Héraut d'armes*, fᵒ 448. — *Arm. des nobles et privilégiés du Barrois* (*l'Austrasie*, an. 1858-59). — Dom Pelletier annoté (Ms. de la Bibl. de Nancy).

ginaire, dit-on, du Hainaut, et dont une branche serait
venue s'établir dans le Clermontois, vers la fin du
xivᵉ siècle. Claude de Condé avait épousé (1), ainsi
que nous allons le voir, Marguerite des Gabets, et,
suivant toute vraisemblance, c'est elle qui lui avait apporté une part de la seigneurie de Souhesmes.

Le 9 avril 1614, Henri, duc de Lorraine, reçut les
foi et hommage de son « cher et bien aymé le sieur
» Jacques des Godins, tant en son nom que comme
» procureur des Sieurs Simon des Gabets, Jacques
» des Godins, Isaac Saillet et Pierre Gallois, Didier
» des Godins et Claude de Condé à raison de damoi-
» selle Marguerite des Gabets sa femme, René Gillion,
» Geoffroy Jeandin, Estienne Boucquart (2), Chris-
» tophe Boucart et Jean Saillet, tous seigneurs en
» partie de la petite Souhesme » (3). Tous ces noms
nous sont déjà connus, sauf celui de René Gillion.

Le premier membre de la famille Gillon sur lequel
j'ai trouvé quelque renseignement est Person Gillon,
écuyer, seigneur d'Osche et de Fleury en partie, qui
fut capitaine-prévôt, gruyer et receveur de Souilly de
1584 à 1587 (4). Jeanne Gillon avait épousé Simon des
Gabets, écuyer, seigneur de Souhesmes en partie, et

(1) D'après d'Hozier (Ms. de la Bibl. nat. A. C. 230), Claude
de Condé aurait épousé, le 15 août 1609, Claude de Busgnicourt.

(2) Estienne Boucquart est probablement le même qu'Estienne Boucaire qui avait épousé Jehanne de Bertinet et
figurait à ce titre dans le contrat de vente, du 28 décembre
1606, que nous avons cité plus haut.

(3) Arch. de Meurthe-et-Moselle, B. 86, folios 148 et 149.

(4) M. Bonnabelle, *Notice sur Souilly*. (Ann. de la Meuse,
1882, — 3ᵉ partie, p. 51.)

Marguerite Gillon était mariée à Nicolas Person, écuyer. Ces deux gentilshommes habitaient Souhesmes, et, le 29 octobre 1588, ils présentèrent leur dénombrement pour le fief d'Osches dont ils possédaient une portion du chef de leurs femmes (1). Sous l'année 1602, le 21 juillet, George Gillon, écuyer, demeurant à Osches, figure dans un acte de vente (2) avec Robert et Nicolas des Gabets, écuyers, seigneurs de Souhesme-la-Petite et y demeurant. Enfin, le 14 février 1649, « René des Gillons, escuyer, seigneur d'Osches », paraît en qualité de témoin au contrat de mariage de Pierre Desgodins, écuyer, et de Anne Boucart (3). Ce sont là les seuls renseignements que j'ai trouvés sur cette famille, dont je n'ai pu découvrir les armes.

Une ordonnance de l'auditeur des Comptes de Bar, en date du 4 décembre 1632 (4), fait mention de « Pierre de Tannoy escuyer demeurant à Bazaincourt tutteur des enffans mineurs de Didier de Godin vivant escuyer demeurant à Soubhesme et seigneur en partie dudit lieu ». Pierre de Tannoy était l'oncle de ses pupiles, nés du second mariage de Didier II de Godin et de Jeanne de Tannoy.

Le 1er mars 1635, Didier de Bertinet vendit moyennant 34 francs barrois (5) à Jacques Saillet, écuyer,

(1) Arch. de la Meuse, B. 314, f° 55.

(2) Min. de l'étude de Mᵉ Berteloite, notaire à Souilly. (Renseignement communiqué par M. l'abbé Gillant.)

(3) Pap. de fam.

(4) *Id.*

(5) Soit environ 54 fr. 6 cent. de notre monnaie, d'après les tables de M. de Riocour.

seigneur de Vraincourt, ses parts dans le fief de la Petite-Souhesme (1).

Nous trouvons, en 1656 et en 1689 (2) un « Sieur Souhaime dansemont » qui possédait des biens dans notre village. A quelle Maison appartenait ce gentilhomme ? Probablement à celle des Gabets, car, dès 1649, cette famille avait pris le nom de Souhesmes, et elle possédait à Ancemont des droits seigneuriaux.

Le 27 juillet 1660, Anthoine de Bertinet, fils de Didier, racheta les parts du fief de la Petite-Souhesme que son père avait vendues, en 1635, à Jacques Saillet (3).

Sous l'année 1664, un acte de vente (4) fait mention de Jacques de Saillet, écuyer, seigneur de Vraincourt et de Souhesme-la-Petite en partie, qui avait épousé Claude des Simons.

Le 9 septembre 1665, nous trouvons un dénombrement qui fut vérifié le 7 octobre de l'année suivante. Il signale, en outre des anciennes Maisons seigneuriales des Gabets, des Godins, des Saillet et des Boucquart, six autres familles possédant des parts dans la seigneurie de la Petite-Souhesme. C'est d'abord Jean Courtois, écuyer, puis Robert de la Tour, écuyer, procureur du roi à Verdun ; c'est ensuite demoiselle Catherine de Severi (Sivry), veuve de Nicolas Geoffroy de la Vallée, écuyer, puis encore Nicolas de Gestas, écuyer, seigneur

(1) Renseignement communiqué par M. A. de Gironcourt.
(2) Pap. de fam.
(3) Renseignement communiqué par M. A. de Gironcourt.
(4) Min. de l'étude de Me Berteloite, notaire à Souilly. (Rens. com. par M. l'abbé Gillant.)

de la Lance, enfin Etienne Collin, écuyer, et Simon André (1).

Jean Courtois était fils de Pierre Courtois et de Nicole I Saillet. En vertu de l'article LXXI de la coutume de Bar, il avait été admis, le 26 juin 1651, par le roi Louis XIV, suzerain du Barrois mouvant, à suivre la noblesse de sa mère, ce qui lui avait permis d'hériter de la part que celle-ci possédait dans notre fief. Il portait, comme les Saillet : *D'azur à la bande componnée d'or et de gueules de cinq pièces, à l'aigle éployée d'argent brochant sur le tout* (2).

Robert de la Tour, écuyer, procureur du roi à Verdun, avait épousé Jeanne des Gabets. C'est du chef de sa femme qu'il possédait fief à Souhesmes, et qu'il parut au dénombrement de 1665. Il n'est pas probable que Robert de la Tour appartenait à l'ancienne Maison de la Tour-en-Woëvre ou de la Tour-Jeandelise ; mais peut-être faut-il le rattacher à une famille de la Tour, originaire de Champagne, qui habitait notre pays et portait : *D'azur au cygne d'argent* (3).

Catherine de Severy, veuve de Nicolas Geoffroy de la Vallée, écuyer, devait être dame de Souhesmes du chef de son mari, car elle était d'une origine assez obscure, si, comme cela est probable, elle appartenait à la famille de « Mathieu de Sivry » que nous voyons, en 1686, greffier de la mairie de Souhesme-la-Grande, et de « Jean de Scivry, lieutenant du maieur

(1) Arch. de la Meuse, reg. 40, B. 315, folios 9, 17.

(2) D. Pelletier. *Nobil. de Lorraine*, p. 178.

(3) Caumartin. *Procez-verbal de la Recherche de la Noblesse de Champagne* (1672). — D. Pelletier annoté (Ms. de la Bibl. de Nancy), art. *Le Prieur*.

de Souheme », en 1690 (1). Quant à Nicolas Geoffroy de la Vallée, il était peut-être de la même famille que Nicolas Geoffroy dit de Saint-Remy, lequel, portant les mêmes armes que les Wadelaincourt, les Saillet et tant d'autres (2), devait se rattacher à l'une ou à l'autre de ces Maisons.

Nicolas de Gestas, écuyer, seigneur de la Lance, appartenait à une famille originaire du pays de Nébouzan (3) et qui était venue depuis peu se fixer dans notre région. Elle portait : *D'azur semé de fleurs de lys d'or, chargé d'une tour d'argent* (4).

Etienne Collin, écuyer, figure dans le dénombrement de 1665 « à cause de Demoiselle N. Desgodins sa femme ». Il appartenait peut-être à la famille des Petit-Collins que nous avons déjà vus à Souhesmes en 1607, mais je n'ai rien trouvé de certain sur lui, non plus que sur Simon André qui est cité dans le dénombrement comme mari de Nicole Boucquart, et qui est, de tous les comparants, le seul qui ne soit pas noble.

Le 1ᵉʳ août 1678, Souhesmes vit le mariage de la fille de l'un de ses seigneurs, « Mademoiselle Françoise de Saillet, fille du Sieur Jacque de Saillet, Escuyer, Seigneur de la Petite Sohesme en partie » épousait « le Sieur Jeacque de Condé, Escuyer, Seigneur de la

(1) Acte de vente, du 14 octobre 1686, et extrait d'inventaire, du 16 novembre 1690. (Pap. de fam.)

(2) Callot, *le Héraut d'armes*, f° 449. — Arm. ms. d'après Did. Richier dit Clermont, art. *Geoffroy*.

(3) Petite province de Guyenne (Haute-Garonne), dont la capitale est Saint-Gaudens.

(4) Caumartin, *Nobil. de Champagne* (Ms. de la Bibl. de Verdun), t. II.

Vallée, Waly et de Dieü en partie, fils du Sieur
Loys de Condé, aussi Escuyer et Seigneur des mêmes
lieux » (1). Le marié appartenait à la famille de
Claude de Condé qui prenait déjà, en 1610, le titre de
seigneur en partie de la Petite-Souhesme ; aussi cette
union n'ajoute pas un nouveau nom à la liste déjà si
longue des coseigneurs de notre village.

A la date du 21 janvier 1699, il est fait mention de
reprises pour le fief de Souhesmes, faites par Anne de
Mercy, épouse de « Jean Vosgien, Lieutenant des fuse-
liers et ingénieur pour le service du R T. C. ». L'en-
terinement, aveu et dénombrement eurent lieu le 5 mai
suivant (2). Anne de Mercy était fille de Jean II de
Mercy, avocat en la Cour Souveraine de Lorraine, qui
avait obtenu un arrêt de maintenue de noblesse, le 16
janvier 1623. Jean II de Mercy était, lui-même, fils de
Jean I et petit-fils de Humbert de Mercy qui vivait en
1577. Ces Mercy, originaires du Verdunois, possédaient
le fief de Blercourt et avaient des biens à Rampont,
près de Souhesmes (3 ; mais je n'ai pu trouver comment cette branche de leur famille avait acquis une
portion de notre fief. Ils portaient : *D'or à une demi-
aigle éployée de sable, couronnée de gueules et sur-
montée de trois étoiles d'azur, parti d'or à un lion de
gueules.*

Le 12 mars 1699, Jean de Godin, écuyer, fit ses foi
et hommage au duc Léopold pour le fief de la Petite-

(1) Reg. de l'Etat-Civil de la commune de Souhesmes
(mariages de 1678).

(2) D. Pelletier, p. 835 (art. *Vosgien*).

(3) *Ibid.*, p. 566 (art. *Mercy*).

Souhesme (1). J'aurai à revenir sur son dénombrement qui fut vérifié, le 26 mai, par la Chambre des Comptes de Bar, et son arrêt nous fera connaître l'étendue des droits seigneuriaux que Jean de Godin possédait alors à Souhesmes.

On trouve, à la date du 2 juillet 1706, un décret accordant à Antoine, Louise, Anne et Catherine André, enfants de Simon André et de Nicole Boucquart, la main-levée de la saisie féodale opérée sur sept jours d'hér tages, ou environ, situés à Souhesmes et faisant partie du fief provenant d'Etienne Boucquart, leur grand père maternel. Par grâce spéciale, le décret permet aux impétrants de posséder ces sept jours comme bien de roture, à charge de payer au domaine un cens annuel de 1 f. 6 g. (2). Il est permis de supposer que ce décret fut rendu dans les circonstances suivantes : Nicole Boucquart, qui était noble, avait épousé un roturier, Simon André. Aux termes de l'art. XVIII, titre I, de la coutume de Bar, il fallait être noble pour posséder un fief, cependant une femme noble mariée à un roturier pouvait, pendant son mariage, posséder les fiefs à elle échus par succession (3). Les enfants de Simon André et de Nicole Boucquart n'étaient pas assez riches, sans doute, pour invoquer l'art. LXXI de la coutume et suivre la noblesse de leur

(1) Arch de Meurthe-et-Moselle, B. 121, folios 228 et 229, et *Table des fiefs du Duché de Bar*. — Arch. de la Meuse, B. 384, 374.

(2) Arch. de la Meuse, *Souhesmes*, B. f° 34 verso, B. 275 fin.

(3) Jean le Paige, *Nouveau commentaire sur la Coutume de Bar* (1711), sous l'art. LXV (tit. VI).

mère en renonçant au tiers des biens de leur père ; dès lors ils devenaient incapables de posséder la partie qui leur revenait, du chef de leur mère, dans le fief de Souhesmes. C'est ce qui explique la saisie féodale dont ils avaient été l'objet, et la transformation de leur fief en bien de roture acensé.

Le document suivant nous donne un autre exemple d'une saisie féodale exercée à Souhesmes dans une espèce différente. Nous venons de voir que, le 11 août 1686, Jean Vosgien avait, quoique roturier, épousé une femme noble, Anne de Mercy, dame en partie de Souhesmes. A sa mort, cette partie fut saisie, sur les réquisitions du procureur général, en raison de la qualité de Jean Vosgien qui était incapable de posséder une terre noble. Cependant, le 11 janvier 1707, il intervint des lettres de confirmation (1), maintenant Jean Vosgien dans la possession d'une partie de la seigneurie de Souhesmes, et, l'année suivante, le 2 novembre 1708, Charles Vosgien, l'un des chevau-légers de la garde de S. A. R., fils de Jean Vosgien et d'Anne de Mercy, obtint la permission de suivre la noblesse de sa mère, moyennant la somme de 1,100 livres tournois représentant le tiers des biens de la succession paternelle. Charles Vosgien prit le nom et les armes des Mercy que nous avons indiqués plus haut (2).

Le 5 juin 1711, nous trouvons un échange concernant des biens situés à Souhesmes, entre Jean de Godins et Charles de Mercy, qualifiés tous deux d' « Escuier,

(1) Arch. de la Meuse, *Souhesmes*, B. 1, f° 129, B. 275.

(2) D. Pelletier, p. 565 et 835.

Seigneur en partie de la peuttit Souhesme » (1). Charles
de Mercy était cousin au 5e degré d'Anne de Mercy que
nous avous vue mariée, en 1686, à Jean Vosgien. Il
était fils de Jean-François de Mercy, écuyer, seigneur
de Blercourt, et de Nicole III Saillet (2) qui avait sans
doute apporté à cette branche de la famille de Mercy la
part qu'elle possédait dans le fief de Souhesmes.

La Chambre des Comptes de Bar fut, la même année,
saisie d'une difficulté pendante entre la communauté de
Souhesme-la-Petite et Jacques de Condé, écuyer, seigneur de la Vallée. Les habitants de Souhesmes avaient
inscrit celui-ci au rôle de la subvention, et il excipait
de sa qualité d'écuyer pour demander sa radiation. La
Chambre rendit son arrêt le 9 novembre 1711, il accor-
dait gain de cause à Jacques de Condé, ordonnait la
radiation demandée et faisait défense aux habitants de
l'imposer à l'avenir tant qu'il vivrait noblement (3).

Le 4 octobre 1714 eut lieu le partage de la succession
de Jacques de Saillet, dont nous avons eu déjà l'occasion de parler. Il laissait de son mariage avec Claude
des Simons plusieurs enfants, notamment Françoise,
qui avait épousé Jacques de Condé, écuyer, seigneur de
Busgnicourt, etc., et Nicole II, qui était mariée à Antoine-
Joseph Verry de la Plume, chevau-léger de S. A. S. (4).
Toutes deux héritèrent d'une partie de notre fief, et

(1) Pap. de fam.

(2) D. Pelletier, p. 566, art. *Mercy*.

(3) D'Hozier (Ms. de la Bibl. nat.). A. C., 230.

(4) Min. des études de Me Berteloite, notaire à Souilly, et
de Me Gérard, notaire à Verdun. (Renseignement communiqué par M. l'abbé Gillant.)

lorsque Antoine Verry de la Plume fut anobli en 1731 (1),
il s'empressa de prendre le nom de Saillet et la qualité
de seigneur de Souhesme-la-Petite en partie , comme
le faisait son oncle Jacques de Condé.

Le 19 août 1723, fut signé le contrat de mariage de
Paul de Condé, écuyer, seigneur de Souhesme-la-
Petite en partie , fils de Jacques de Condé et de Françoise de Saillet, avec Marguerite de Brossard (2) , et,
le 8 mai 1724, celui de « Messire Nicolas Dégodins,
» Chevalier, Seigneur de Souhême la petite fils de Mes-
» sire Jean Dégodins, Chevalier, Seigneur dudit Souhême
« et de dame Madame barbe de la Barre ses père et
» mère,..... assisté de haut et puissant Seigneur Messire
» Antoine, Marquis de Choiseul-Beaupréz, brigadier des
» armées du roy, son cousin-germain,..... » avec « D^elle
» Barbe Dupuÿ de Lezéville fille de feu Messire rocq du
» Dupuÿ *(sic)* vivant Chevalier Seigneur de Lézéville La
» Neufville aux bois et autres lieux et de Dame M^d
» Marie Gabrielle Dardenne » (3). Le futur reçut en dot
les terre, fief et seigneurie de Souhesme-la-Petite qui
furent alors estimés à la somme de 15,000 livres (4).

L'année suivante, nous voyons un second exemple
de lettres de confirmation permettant à un roturier de
posséder un fief. Le 4 septembre 1725, Joseph Bour-
geat et Barbe Chevillon sa femme, obtinrent confirmation pour une maison et une métairie, partie fief et

(1) V. plus haut, p. 36.
(2) D'Hozier (Ms. de la Bibl. nat.). A. C., 230.
(3) Pap. de fam.
(4) Soit, 10,200 fr. de notre monnaie, d'après les tables
de M. de Riocour.

partie roture, situés à Souhesme-la-Petite, pour une période de douze années, et à charge de payer tous les ans 6 livres par forme de revenu (1).

Sous l'année 1743 il est fait mention de Claude de Bertinet, écuyer, seigneur de Souhesme, avocat à Saint-Mihiel, que nous retrouvons encore, en 1748, dans l'acte de baptême de Christine de Bertinet dont il fut le parrain. — Par arrêt de la Chambre des Comptes, en date du 5 février 1766, il fut maintenu dans la qualité d'écuyer, et dans le droit de faire précéder son nom de la particule *de* (2).

En 1756, Dom Calmet parlant de la Petite-Souhesme, dit qu'il y a « un fief à M. le Comte de Girecourt, un » à M. Bonnet, un à M. de Saillet et un à M. Berte-» let. » (3) Le comte de Girecourt avait figuré dans le *Procès-Verbal de la Réformation de la Coutume Générale de la Ville de Verdun et pays verdunois*, le 5 février 1743, sous les noms et titres suivants : « Mre » Jean-François Humbert, Chevalier, Comte de Gir-» court, Chancelier de Madame la Duchesse Douairière » de Lorraine, Souveraine de Commercy, Seigneur » d'un fief à Rampont. » (4). Malgré ces titres pompeux, le comte de Girecourt n'était pas d'ancienne noblesse ; sa famille avait été anoblie, le 30 mai 1573, en la

(1) Arch. de la Meuse, *Souhesmes*, B. 1er, fo 366, B. 275. — Six livres représenteraient 4 fr. 8 c. de notre monnaie.

(2) M. Dumont, *Nobil. de Saint-Mihiel* (1865), II, 425. Reg. de l'Etat civil de la commune de Souhesmes. Baptêmes de 1748.

(3). D. Calmet, *Notice de la Lorraine* (1756), II, 514.

(4) *Coutumes générales de la ville de Verdun et pays verdunois* (1762), p. 117.

personne de Nicolas Humbert, receveur d'Einville.
Elle portait : « *D'or au chevron d'azur accompagné de 3 pattes de lion coupées de sable, armées de
même, deux en chef affrontées et une en pointe.* Sa
généalogie se trouve tout au long dans D. Pelletier (1),
et il semble en résulter que la terre de Souhesmes est
entrée dans cette famille autrement que par alliance. —
Quant aux seigneurs appelés par D. Calmet, « M. Bonnet » et « M. Berthelet » , il est aisé de reconnaître,
sous ces noms défigurés, François de Bonnay dont
nous allons nous occuper, et Claude de Bertinet dont
nous venons de parler.

A cette époque, la réunion de la Lorraine à la France
vint modifier quelques-unes de nos anciennes lois,
notamment celle qui régissait les fiefs dans le Barrois.
Nous avons vu qu'aux termes de l'art. XVIII (titre.I)
de notre Coutume, les nobles seuls pouvaient posséder
des fiefs. « La Chambre des Comptes, dit un arrêt de
». maintenue du Conseil du Roi du 18 juin 1785 (2),
» n'admettait jamais à la vérification des aveux et dé-
» nombrements des fiefs que ceux dont la noblesse
» était incontestable..... De sorte que chaque réception
» d'aveu et de dénombrement équivaut à un jugement
» de maintenue. » L'édit du 1er juin 1771 vint modifier

(1) D. Pelletier, p. 391. Cette généalogie signale, au xviie
siècle, une alliance entre une Humbert et Henry-François
Bonnet, seigneur d'Aunoux et Lantzecourt, mais il n'y a là,
je crois, qu'une similitude de noms, les Bonnet n'appartenant pas à la Maison de Bonnay, qui a donné des seigneurs
à la Petite-Souhesme. (V. M. Dumont, *Nobil. de Saint-
Mihiel* (1865), II, 147.)

(2) *Arch. nat.*, Bᴵⁿ 3502, enreg. fº 37 verso.

cet état de choses, en admettant les roturiers à la possession des fiefs; mais la Chambre des Comptes de Bar constata, pour le passé, l'usage tel qu'il avait été scrupuleusement observé jusque-là, et elle dressa, le 27 avril 1778, sur les réquisitions du procureur général, un acte de notoriété qui fut déposé au Trésor des Chartes, après avoir été transcrit sur le registre des fiefs.

Le 6 avril 1772, Nicolas-Hyacinthe des Godins rendit ses foi et hommage pour ses portions dans la seigneurie de Souhesmes (1), et, le 10 décembre de la même année, nous voyons deux nouveaux seigneurs présenter leur dénombrement pour le même fief : ce sont « François Nicolas Willaume, écuyer, et le sieur Bonnay de Nonancourt » (2).

François-Nicolas Willaume était probablement un descendant de Thomas Willaume qui parut à la Recherche de 1577 et qui portait : *De Mahairon* (c'est-à-dire *d'azur au dextrochère revêtu d'argent tenant une épée de même, garnie et liée d'or, remplie de gueules), parti de gueules à trois lacs d'argent placés 2-1* (3.) D'une part, ces armes qui semblent indiquer une alliance entre les Monthairon et les Willaume, d'autre part, la proximité des villages de Monthéron et de Souhesmes, donnent à penser que François-Nicolas Willaume que

(1) Arch. de la Meuse, *Souhesme la Petite*, B. 333, Reg. 132, f° 90.

(2) *Ibid.*, B. 421 à 423, folios 275, 278 verso, et B. 402, 887.

(3) Arm. ms. d'après Did. Richier dit Clermont — Callot, *le Héraut d'armes*, f° 445. — *Arm. des Nobles et privilégiés du Barrois (l'Austrasie*, an. 1858). — D. Pelletier annoté (Ms de la Bibl. de Nancy).

nous voyons, en 1772, qualifié de « Ecuyer, Coseigneur
en partie de Souhesmes la Petite » devait appartenir
à la famille du Thomas Willaume de 1577.

Quant au second des nouveaux seigneurs, « le sieur
Bonnay de Nonancourt », c'était un gentilhomme lon-
guement titré. Il se qualifiait de « Chevalier, Seigneur
en partie de Souhesmes-la-Petite, Mestre-de-Camp de
cavalerie, Chevalier de Saint-Louis, Maréchal-des-
logis dans la compagnie des 200 chevaux-légers de la
Garde ordinaire du Roi Très-Chrétien ». Il descendait
d'une ancienne Maison, originaire de la Franche-Comté,
dont une branche était venue, au xvi⁰ siècle, se fixer
dans le Clermontois. Ses armes sont : *De gueules à
trois hures de porc d'argent posées 2-1* (1). Dès le
commencement du xvii⁰ siècle, on trouve à Souhesmes
Christophe Bonnay, écuyer, qui avait épousé Marguerite des Gabets (2) ; quant à François de Bonnay, né le
5 février 1706 du mariage de Mathieu de Bonnay et de
Madeleine de Condé (3), il avait épousé Marguerite de
Mercy, fille de feu Charles Vosgien dit de Mercy,
écuyer, seigneur en partie de Souhesme-la-Petite, et
de Marie-Madeleine des Androuins. C'est par sa femme,
et en vertu d'un partage du 4 décembre 1739 que François de Bonnay de Nonancourt était seigneur en partie
de notre fief.

(1) Arm. ms. d'après Did. Richier dit Clermont. — Dom
Pelletier annoté (Ms. de la Bibl. de Nancy). — Delachesnaye des Bois, *Dict. généalogique* (édition de 1863), III, 478.

(2) Acte de vente du 31 janvier 1610 (Pap. de fam.).

(3) Delachesnaye des Bois, *Dict. généalogique* (édition de
1863), III, 478.

A la même époque, il est fait mention du dénombrement de « Françoise Charlotte de Bournon, veuve
» d'Antoine de Saillette, Ecuyer, Seigneur en partie
» de Souhesme-le-Petit, au nom et comme mère tutrice
» et gardienne noble de Jacques Antoine, Jean (III), Roze
» Catherine, Marie Elisabeth et Anne Louise de Sail-
» let ». (1) Antoine de Saillet, fils d'Antoine-Joseph
Verry de la Plume et de Nicole II de Saillet (2), habitait
Dugny ; il était seigneur de Vraincourt et de Blercourt,
avait été gentilhomme du duc d'Anjou, puis du Dauphin, et enfin capitaine au régiment de Médoc. Il eut,
de son mariage avec Françoise-Charlotte de Bournon,
onze enfants, entre autres Anne-Louise, qui épousa,
en 1777, Pierre-Paul-Joseph de Croix de Drumetz,
écuyer, seigneur vicomte de Filière, etc., ancien officier
au régiment d'Angoumois-Dragons et chevalier de
Saint-Lazare (3). Il paraît certain que ce gentilhomme
qui appartenait à une ancienne Maison originaire des
Flandres et portant : *D'argent à la croix d'azur*, devint
seigneur de Souhesmes du chef de sa femme.

La Chambre des Comptes de Bar rendit sur les dénombrements de M. Willaume, de M. de Bonnay de
Nonancourt et de Mme de Saillet, le 18 juillet 1774, des
arrêts fort importants, sur lesquels j'aurai à revenir,
car ils ont modifié complètement le droit des seigneurs

(1) Arch. de la Meuse, *Souhesmes*, B. 405, 934.

(2) V. plus haut, pp. 36 et 50.

(3) Reg. de l'Etat civil de la commune de Souhesmes
(Bapt. de 1778). — V. Dumont, *Nobil. de Saint-Mihiel*
(1864), I, 131.

de la Petite-Souhesme (1). — Le 11 novembre 1776,
elle rendit un nouvel arrêt appliquant celui de 1774
aux autres seigneurs (2).

L'avènement d'un nouveau roi nécessitait de nou-
velles prestations de foi et hommage ; Louis XVI monta
sur le trône en 1774, toutefois ce ne fut qu'en 1777, le
27 décembre, que la Chambre des Comptes de Bar
admit à la prestation « Nicolas-Hyacinthe Desgodins,
écuyer, seigneur en partie de Souhesme-la-Petite, lieutenant au régiment des grenadiers royaux de Lorraine. »
Le surlendemain, ce gentilhomme se rendit à Bar, où,
s'étant présenté en la Chambre du Conseil de la Cour
des Comptes, il fit ses reprises, foi et hommage, et
prêta serment de fidélité au nouveau roi (3). Le procès-
verbal est muet sur le cérémonial usité à Bar en pareille
circonstance, mais comme, le 15 décembre précédent,
M. de Souhesmes avait accompli la même formalité
pour ses fiefs de Suzémont et de la Tour, situés dans
le ressort du Parlement de Metz, nous voyons dans
l'arrêt rendu à cette occasion comment s'accomplissait
cette cérémonie devant ce Parlement. Le seigneur en-
trait dans la Chambre accompagné du premier huissier,
et là, pliant le genou sur un carreau, il faisait entre les
mains du Président les foi et hommage qu'il devait au
roi (4)

(1) Arch. de la Meuse, *Souhesmes*, R. 140, fᵒ 48, B. 124.
— Arch. de Meurthe-et-Moselle, *Table des fiefs du duché
de Bar*.

(2) Arch. de la Meuse, *Souhesmes*, R. 133, fᵒ 204, B. 334.

(3) Pap. de fam.

(4) Pap. de fam. — Lorsque le seigneur n'était pas noble,
il n'avait pas droit au carreau. (V. Emm. Michel, *Biogra-
phie du Parlement de Metz* (1853), p. 185.

Le 31 décembre 1781 (1), le même gentilhomme présenta pour ses portions dans la même seigneurie un dénombrement qu'il renouvela encore, le 25 février 1782 (2). C'est le dernier acte féodal que j'ai trouvé sur le fief de la Petite-Souhesme.

Il me reste à examiner brièvement une dernière question : en quoi consistait notre fief ? et quelle était l'étendue des droits de ses nombreux coseigneurs ?

En ce qui concerne le hameau lui-même, D. Calmet, qui écrivait en 1756, donne les renseignements suivants : « Il y a, dit-il (3), six fiefs avec leurs maisons », et plus loin : « Il y a huit ou dix habitants ». M. de Maillet (4) et Durival (5) reproduisent à peu près les mêmes chiffres. En 1768, Souhesme-la-Petite comptait quatorze feux, et Souhesme-la-Grande, où les seigneurs, ainsi que nous allons le voir, exerçaient des droits féodaux, en comptait soixante.

Ainsi, voici un hameau d'une dizaine de feux, divisé en six ou sept fiefs qui se sont eux-mêmes subdivisés de telle sorte qu'ils ont passé entre les mains de trente familles ; et si l'on défalque maintenant de ces dix habitants ceux qui, sans posséder de droits seigneu-

(1) Arch. de la Meuse, *Souhesmes*, 425,44, B. 327, folios 245 v° et 248, B. 410, 1077.

(2) *Ibid.*, n° 273 et R. 155 ; B. 327, f° 245 v° ; B. 366 *Fiefs*.

(3) D. Calmet, *Liste des Villes.... de la Lorraine et du Barrois* (en tête de la *Notice de la Lorraine* (1756), I, col. cxxii, et *Notice de la Lorraine* (1756), II, 514.

(4) Maillet. — *Mémoires alphabétiques...... du Barrois* (1773).

(5) Durival. — *Description de la Lorraine et du Barrois* (1779). III, 391.

riaux, étaient nobles cependant et sur lesquels, par suite, les seigneurs n'avaient aucun droit, on aura une idée du prodigieux morcellement de la propriété féodale à la fin de l'ancien régime (1).

Au nombre des privilèges attachés à la possession d'un fief, figurait celui d'ajouter le nom de ce fief à son nom patronymique ; cependant, parmi les trente familles seigneuriales qui se sont succédé à Souhesmes, six seulement en ont porté le nom. C'est d'abord l'ancienne Maison de Souhesmes, dont le cartulaire des comtes de Bar nous révèle l'existence dès l'année 1270 et dont nous avons suivi la trace jusqu'en 1457. Au xvi° siècle, nous avons vu la famille Boucquart prendre le nom de Souhesmes, et Didier II de Godin désigné dans son contrat de mariage sous le nom de « le sieur de Souhem ». Au xvii° siècle, les Bertinet, à leur tour, ajoutent à leur nom celui de Souhesmes, qu'ils portaient encore en 1766 (2) ; en 1649, les Gabets suivent leur exemple (3) ;

(1) Parmi les familles nobles habitant soit la Grande, soit la Petite Souhesme, ou y possédant des propriétés, sans avoir de droits seigneuriaux, on trouve : au xvi° siècle, les Person de Granchamp et les Pasquin ; au xvii°, les Bertrand, Biguot, Mengeon, Blondeau, le Prieur de Rocquemont, Bernard, Des Oudin, Fontaine ; enfin, au xviii°, les Gehot, Séraucourt, Guillot de Ville, Carrière, Duhoux, etc. — Sans compter les Barnier de la Rivière, les Sivry et les L'Evesque de Vilmorin qui avaient peut-être joui anciennement des prérogatives de la noblesse.

(2) Acte de partage de 1632, et contrat de mariage du 14 février 1649. (Pap. de fam.). — Dumont, *Nob. de Saint-Mihiel* (1864), II, 425. — Arch. de Meurthe-et-Moselle, B. 311, n° 11.

(3) Contrat de mariage du 14 février 1649. (Pap. de fam.)

et nous avons vu cité, en 1656 et 1689, « le sieur Souhaime dansemont » qui appartenait peut-être à leur famille. Enfin, au xviiie siècle, Jacques de Saillet signait « Saillet de Souhesme » (1) et son arrière petit-fils, Nicolas (Verry) de Saillet, prit ce nom dans tous les actes (2).

A côté de ce privilège purement honorifique, les seigneurs possédaient des droits plus positifs, dont il nous reste à examiner l'étendue.

D. Calmet (3) dit formellement, en parlant de notre village, que le roi en était seul seigneur ; M. de Maillet (4) reproduit cette allégation, et M. Liénard (5) copie scrupuleusement D. Calmet et M. de Maillet. Par l'expression « seul seigneur », D. Calmet entend, sans aucun doute, seigneur haut-justicier, puisqu'il ajoute qu'il y a six fiefs ; mais en avait-il été toujours ainsi ?

En vertu de la cession de 1331, les ducs de Bar ne possédaient, ainsi que nous l'avons vu, que la moitié des haute et basse justices de Souhesmes ; l'autre moitié appartenait probablement aux seigneurs fonciers, puisque, trois siècles après, la Chambre des Comptes de Bar reconnaissait encore leur droit sur la moitié des amendes prononcées pour délits commis sur le ban de la Petite-Souhesme.

(1) Reg. de l'Etat civil de la commune de Souhesmes (Bapt. de 1707).

(2) *Ibid.* (Bapt. de 1778, 1779, 1781, Décès de 1779).

(3) D. Calmet. — *Notice de la Lorraine* (1756), II, 514.

(4) Maillet. — *Mémoires alphabétiques... du Barrois* (1773).

(5) M. Liénard. — *Dictionnaire topographique du département de la Meuse* (1872), v° *Souhesmes*.

Que l'on consulte l'arrêt de 1607 (1) ou celui de
1649 (2), celui de 1666 (3) ou celui du 26 mars 1699,
on voit constamment les seigneurs revendiquer la
haute, moyenne, basse et foncière justice, et la Chambre des Comptes de Bar leur dénier ce droit. Le 26 mai
1699, cependant, elle reconnaît implicitement à Jean
de Godin « la moitié des haute, moyenne et foncière
justices, partables avec S. A. R. pour l'autre moitié, ... création de maire, échevins, etc..... » (4). Mais,
en 1774 (5), elle se déjuge une seconde fois, revient
à son premier système, et, contrairement aux préten-
tions des seigneurs qui soutenaient cette fois qu'ils
partageaient le droit de haute-justice avec l'évêque de
Verdun et qu'ils possédaient la totalité des moyenne et
foncière justices, elle déclare que ce droit appartient
en entier au roi.

Aujourd'hui, la plupart des maisons seigneuriales de
Souhesmes sont éteintes : des trente familles qui se
sont succédé dans la possession de ce fief, c'est à peine
si, de nos jours, il en subsiste six.

Leurs « châteaux », comme on les appelle encore,
sont devenus de modestes maisons de paysan qui
s'étagent sur le flanc d'une petite colline. Celui du bas
était occupé, lorsque éclata la Révolution, par la famille
de Saillet : c'est lui, sans doute, qui fut, en 1785, le

(1) Arch. de la Meuse. — Reg. 40, B. 314.

(2) M. l'abbé J. Didiot. — *Souilly et sa prévôté en 1649*
(1873), p. 19.

(3) Arch. de la Meuse. — R. 46, B. 315, f° 9 *bis*.

(4) Arch. de Meurthe-et-Moselle, *Table des fiefs du duché
de Bar*.

(5) *Ibidem*.

théâtre d'un drame de famille dont la tradition a con-
servé dans le pays le sanglant souvenir ; il n'offre pas
d'autre intérêt. — Celui du milieu est une grande maison aux dehors vulgaires ; à l'intérieur on trouve encore
un vieil escalier avec sa rampe massive, deux plaques
de foyer armoriées, et enfin une grande cheminée en
bois qui attend pour s'écrouler que l'on ait fini d'y
brûler les hauts lambris du xviie siècle dont les murs
sont encore en partie recouverts. Dans le jardin on
montre la place où fut le colombier : c'est là tout ce
qui reste du château dont le dernier seigneur fut M. de
Nonancourt. — Le « Château-Haut », comme on l'appelle encore, est manifestement la plus ancienne des
trois demeures seigneuriales de la Petite-Souhesme,
et il est aisé d'y reconnaître la « Haute-Maison »
qui fit, en 1562, l'objet d'une transaction entre les
enfants de Didier I des Godins (1). C'était une de ces
maisons-fortes comme en voyait dans beaucoup de
villages, modestes manoirs qui n'avaient rien de la
majesté des grandes forteresses féodales, mais qui
étaient suffisants pour résister à un coup de main. Les
étages supérieurs, entièrement remaniés, ne présentent
aucun intérêt ; il n'en est pas de même de la base de
construction, dont les larges assises sont percées d'em-
brasures encore très apparentes bien qu'elles aient été
murées : les unes défendaient le chemin de Rampont,
les autres commandaient la Grande-Souhesme. Le système de défense du manoir était complété par trois
tours rondes dont la trace est encore visible sur le sol.
Une tourelle, où s'enroulait un escalier à vis, leur

(1) V. plus haut, p. 30.

avait survécu : on l'a démolie il y a quelques années, et il ne reste plus que deux plaques de foyer aux armes de Lorraine et de France pour rappeler le souvenir de M. de Croix, qui fut, dit-on, le dernier seigneur de la Haute-Maison.

Dans l'église de la Grande-Souhesme, il y avait une chapelle dédiée à sainte Barbe, où les seigneurs avaient leur sépulture ; mais elle a disparu, en 1766, lorsqu'on mutila l'édifice sous prétexte de l'agrandir : car il semble que les hommes se soient ligués au temps pour qu'il ne reste rien du vieux Souhesmes, pas même un tombeau (1).

(1) En terminant, je crois devoir adresser ici mes remerciements à M. l'abbé Gillant, curé d'Auzéville, et à M. Grandjean, instituteur à Souhesmes, dont le concours m'a été précieux.

TABLE

BIBLIOTHÈQUE NATIONALE R F IMPRIMÉS

TABLE

DES

ARMES MENTIONNEES DANS CETTE NOTICE

BIBLIOTHÈQUE NATIONALE
R F
IMPRIMÉS

www.ingramcontent.com/pod-product-compliance
Lightning Source LLC
Chambersburg PA
CBHW070809260626
47161CB00006B/2218